O sonho de Matilde

Livia Garcia-Roza

O sonho de Matilde

EDITORA RECORD
RIO DE JANEIRO • SÃO PAULO
2010

CIP-BRASIL. CATALOGAÇÃO-NA-FONTE
SINDICATO NACIONAL DOS EDITORES DE LIVROS, RJ

Garcia-Roza, Livia
G211s   O sonho de Matilde / Livia Garcia-Roza. – Rio de Janeiro: Record, 2010.

ISBN 978-85-01-09062-1

1. Romance brasileiro. I. Título.

CDD: 869.93
10-3195   CDU: 821.134.3(81)-3

Copyright © 2010, Livia Garcia-Roza

Capa: Victor Burton

Imagem de capa: Erica Shires/Corbis/Corbis (DC)/Latinstock

Texto revisado segundo o novo Acordo Ortográfico da Língua Portuguesa.

Direitos exclusivos desta edição reservados pela
EDITORA RECORD LTDA
Rua Argentina 171, Rio de Janeiro, RJ – 20921-380 – Tel.: 2585-2000

Impresso no Brasil

ISBN 978-85-01-09062-1

Seja um leitor preferencial Record.
Cadastre-se e receba informações sobre nossos
lançamentos e nossas promoções.

Atendimento e venda direta ao leitor:
mdireto@record.com.br ou (21) 2585-2002

Para Luiz Alfredo

1.

Somos gente de bem, respeitosa, decente, honesta, cheia de virtude bonita, e assim havemos de caminhar pela terra até o último dos Moreira!, o pai dizia na hora do almoço para nós, sua família: a mãe, minha irmã, meu irmãozinho e eu. Depois, fazia carinho na cabeça de Mateus e entregava o prato para que a mãe o servisse. Quase todos os dias o pai passava sermão, e nós o escutávamos sem dar um pio, por força do mandamento, todos sabem.

Aos domingos, quando almoçávamos fora, sempre no mesmo restaurante, o pai conversava, mas havia sempre um ensinamento no que ele dizia; num desses domingos, na hora de deixar o carro com o guardador, ninguém sabe o que aconteceu para o pai perder as estribeiras e levantar a voz:

— O senhor sabe com quem está falando?

O moço, espantado, olhava para a cara vermelha do pai.

— Com um Moreira!

O guardador então disse que o nome dele também era "Moreira", e nesse instante vimos o xixi de Mateus fazendo poça na calçada. Olhando-o de alto a baixo, o pai pediu os documentos do homem, dizendo que ele, Dr. Moreira, trabalhava na Caixa Econômica Federal! O homem custou a encontrá-los dentro do bolso da calça; quando finalmente entregou a carteira de identidade, o pai constatou estar diante de um "Moreira". Então o abraçou, se desculpando. Assim que nos sentamos no restaurante, ainda de pé, o pai disse que pela primeira vez sofrera uma decepção com um ancestral.

Morávamos numa pequena cidade do interior. O pai trabalhava na Caixa Econômica, como fazia questão de dizer a todo momento, mas não era doutor, havia cursado até o segundo ano de Direito, porque cedo teve que trabalhar. Era viúvo havia muitos anos quando conheceu a mãe; mas não teve filhos com a primeira mulher, que morreu de causa súbita. Havia também um irmão do pai, o tio Reinaldo, que era esquisito; morava num quarto de pensão e de lá não saía, esperando a morte a qualquer instante; quando se cansava, lia. Parece que leu todos os livros de um escritor, mas o pai dizia que a leitura de Reinaldo fora a fundo perdido; totalmente vã. Depois que tio Reinaldo morreu, não se falou mais nele. Às vezes o pai dizia: "Coitado do meu irmão!" Mais nada. Tio Reinaldo não se casou nem teve filhos. E a obra que ele lia foi doada à Escola Municipal.

A mãe era filha única. Pintava em porcelana e era a artista da casa. Fazia coisas lindas, todas desenhadas por ela, e já fizera várias exposições. O pai insistia para que ela contratasse uma ajudante, mas ela teimava em dar conta de tudo sozinha. Tinha um quarto com forno e passava os dias rodeada de louça, pincéis, tintas e tudo mais. Cristina, minha irmã, a princesa da família, como era chamada pelos pais, tem quatro anos mais do que eu, e Mateus é temporão. Na nossa cidade todos falam feito caipira; às vezes eu também me distraía e falava como eles, mas procurava falar direito, correto (leio muito, porque o pai dizia que era assim que se aprendia). Embora vivêssemos bem, e eu fosse feliz com a minha família, queria morar em outro lugar; no Rio de Janeiro, por exemplo. Não só eu; Cristina também queria, sempre fomos muito unidas nos nossos sonhos. Procurávamos a felicidade e achávamos que íamos encontrá-la no Rio de Janeiro ou em São Paulo. Mas tínhamos quase certeza de que seria em Copacabana. Fazíamos cursinho para o vestibular; na verdade, já era para Cristina ter acabado, mas ela tinha se atrasado porque teve pneumonia, depois uma bactéria e também vários desmaios antes de menstruar. Eu não tive nem um desmainho. Queríamos estudar Comunicação e, se passássemos, teríamos que sair de casa, porque onde morávamos não havia Faculdade. Sonhávamos com o Rio de Janeiro, cidade grande, de que tanto tínhamos ouvido falar e visto na televisão. Quando menina eu dizia que queria ver aquele marzão soltando onda para tudo que era lado, trepando na calçada, atravessando a rua e deixando todo mundo pulando... Cristina ria quando me via falando assim... Sabíamos que uma prima da mãe morava no Rio de Janeiro, na Tijuca, mas só pensávamos em ir para Copacabana. Para a princesinha do mar! Quando falávamos nisso a mãe dizia que não ia deixar que fôssemos por causa da prostituição que se alastrava pelo país e acabava do outro lado do oceano. Ela não sabia se era o Atlântico ou o Marítimo. Mas dizia que começava no Rio de Janeiro. A mãe falava essas coisas... Quando a avó soube do que se tratava, pôs as mãos na cabeça e largou-se numa cadeira, contando que lá os moços ofereciam bombom para as moças, elas comiam, desacordavam, e depois eles sumiam com elas. A avó também dizia essas coisas... Cristina e eu então não sabíamos como fazer para estudar fora. Éramos caipiras de pai, mãe, avô e avó. Dos ascendentes. Mas não adiantava pensar em nada disso antes de passar no vestibular.

A mãe contava que o nome de minha irmã tinha sido homenagem a sua primeira boneca: Cristina. Matilde, meu nome, fora escolhido pela avó, por causa de uma música que ela escutava nos tempos idos dela. De vez em quando ela cantava essa música dançando na nossa frente. Principalmente depois de virar umas cervejinhas... Vovó morreu de repente, e foi difícil a mãe se conformar; tentávamos consolá-la, mas ela chorava dias inteiros, dizendo que depois que a mãe tinha morrido ficara com um pé no além.

Mateus, nosso irmãozinho, é do tempo da conversão da mãe. Ela era católica e passou a ser crente porque confundira doença com gravidez. Pressentia que ia morrer de um tumor benigno na barriga, dizia, e tia madrinha, que é madrinha e tia da mãe, disse que a levaria à casa de Deus (tinha esquecido dela, também fazia parte da família, mas não morava conosco), que era a igreja evangélica, onde cantavam o tempo todo. Mas depois a mãe se desconverteu, como disse, e voltou para a missa, porque ficara com a garganta em petição de miséria de tantos hinos que teve que cantar.

Mas eu queria falar de Cristina, porque o que eu mais desejava na vida, que havia de ser toda feliz, era ser igual à minha irmã, que fazia tudo na perfeição. Até quando ia dormir. Tirava os brincos, as pulseiras, o relógio, e punha enfileirado na mesinha de cabeceira. Parecia até que tinha régua na cabeça. Depois se despia, esticava o robe nos pés da cama, os chinelos arrumava ao lado e, deitando, se cobria; e assim acordava, sem um fiozinho de cabelo fora do lugar. Já eu jogava as coisas para todo lado, deitava esparramada, um dia a mãe disse que eu tinha desforrado a cama e estava dormindo em cima do colchão, a roupa toda espalhada pelo quarto. O que tinha acontecido?, perguntou ela. E eu sabia onde estava sonhando? Por isso, meu sonho era ser igual a Cristina. E nem falei no modo como ela se vestia, tomava banho, falava com as pessoas, se sentava e passeava na pracinha. Não sabia como Cris era assim... Eu tentava imitá-la, mas não conseguia. Em dia de festa, a mãe sempre entregava as flores que comprava na feira nas mãos de minha irmã para que ela fizesse o arranjo. Nunca me chamava, porque dizia que eu não tinha mão pra flor. As amigas da mãe queriam ter uma filha igual à Cristina, nunca ninguém disse que queria uma igual a mim... Mas um dia eu ia ser como a minha irmã!

Quando o pai chegava em casa, perguntava: "O que Matilde andou falando o dia todo e Cristina escutando?" Ela sorria e eu respondia. Cristina sempre tinha sido assim: quieta, calada; às vezes ria. Quando eu perguntava o que ela estava pensando, dizia: "Nada." O pai dizia que queria ver as gêmeas — por causa do nosso grude — numa reta só, no prumo, sem desvio nem percalço, e que eu não carecia de fazer Comunicação, porque ia tirar vaga dos mais necessitados. Eu falava tanto, que quando ia dormir minha boca estava inchada.

Mateus, nosso irmão pequenininho, é bonito, querido, mimado, porque é o caçula. Não frequentava o colégio porque não tinha completado 5 anos, e a mãe e o pai não viam necessidade de pôr Mateus no maternal. Então ele vivia dentro de casa fazendo bobagem, mas a gente se divertia com ele, porque ainda falava errado, e quando corrigíamos, ele dizia: "Uai, genti!" Genti...

Mas nós nos gostamos demais. Todos sempre por um, porque na vida não tem nenhuns por ninguém. Quando eu falava desse jeito achava que nunquinha ia chegar no Rio de Janeiro!...

Mas eu contava sobre a nossa família: O pai nos ensinou bem cedinho que tínhamos que ser uma família de direitos, andar com a cabeça erguida, fronte altaneira e o pensamento limpo. Porque assim sempre havia sido desde que um Moreira tinha posto a cara no mundo. E assim para todo o sempre haveria de ser. Então assim nós éramos, principalmente minha irmã e eu, que vivíamos gêmeas, como dizia o pai. Esqueci de dizer que Cristina parecia uma sereia, com o cabelo descendo em cachos dourados até o ombro, olhos verde-claros e pele rosada. Devia mesmo ser a cara da boneca da mãe! Eu também tenho olhos claros, mas nunca tive nadinha que brilhasse. Cris é mais alta do que eu, mas eu achava que quando tivesse a idade dela teria crescido também. Ela gostava de um moço lá do cursinho, o Afonso, que espichava os olhos pra Cris, e minha irmã espichava os dela de volta, depois o resto do corpo acompanhava, porque de vez em quando ela sumia no meio da aula e só aparecia no final. Mas eu não ficava preocupada, porque ela sempre voltava. Estava namorando o Afonso, mas não queria falar sobre isso. Cris é cheia de segredos. Mas eu também gostava de um moço lá, o Jonas. Mas gostava só um bocadinho, não tinha olho virado pra lado nenhum. Nós duas já tínhamos planejado nosso destino, íamos nos casar depois da faculdade, mais ou menos em 1969, porque estávamos em 62 e eram quatro anos de faculdade; trabalharíamos fora e moraríamos no mesmo lugar, porque assim uma ajudava a outra com os filhos.

Ela queria ter um menino, João Luiz, e eu queria ter três filhos, mas só tinha escolhido o nome do primeiro, José Geraldo da Silva Couto. Não sabia se íamos morar no Rio de Janeiro ou em São Paulo. Mas a mãe e o pai nem sonhavam com o nosso sonho... Imagina se soubessem que íamos sair da terrinha!

Quando Cristina e eu não estávamos no cursinho nem estudando, a mãe pedia pra levarmos encomenda. Era uma atrás da outra. Ela pintava o dia todo, já estava até ficando com os olhos miudinhos. Mas adorava. Uma vez ela pintou a louça toda de uma moça que ia se casar. Era um casalzinho de noivos dançando. Foi trabalho dia e noite. A moça disse que tinha sido seu presente mais bonito, os pratos e as travessas com os noivinhos. Depois do casamento, a família pôs a louça em exposição. Mas só Cristina e eu sabíamos o trabalho que dava pra carregar... Quando o pai soube, disse que mulher que carregava peso o útero caía. Mas a mãe dizia que útero só caía por causa de filho.

Achei melhor fazer como Cristina, ser mãe de um filho só.

Não lembro se foi nessa noite que acordei ouvindo risada. Pensei que fosse sonho, mas eram risos verdadeiros. Quem estaria acordado àquela hora? Olhei para o lado no escuro e a cama de minha irmã estava vazia. Será que ela tinha sumido durante a noite? Fora se encontrar com o namorado? Dormíamos no mesmo quarto, com as camas lado a lado. Saí andando, sussurrando o nome dela, porque não necessitava acordar ninguém, e fui atrás do riso. E era Cristina mesmo que estava rindo daquele jeito!, passeando pela sala, parecendo assombração. Achei graça também porque era difícil ela rir. Ter uma felicidadezinha. Estava sempre séria, compenetrada, absorta, como diz o pai. Devia ter tido um sonho engraçado. Me aproximei, chamei por ela, e Cristina continuou andando e rindo.

— Está rindo de quê? — perguntei, segurando seu braço, fazendo-a parar.

— De você! — respondeu sem rir.

Não soube o que dizer. Continuei a andar atrás dela, pedindo que voltasse pra cama, que no dia seguinte tinha prova lá no cursinho, mas Cristina parecia não escutar, continuava a andar, rindo. E assim ficamos, brincando de dar voltas no breu da sala, uma atrás da outra, até ela resolver voltar para o quarto. Cris deitou e dormiu em seguida. Ainda bem que o pai e a mãe não escutaram. Quando fechei os olhos, vieram as caraminholas. Cristina estava rindo de mim? Por quê?...

2.

Cheguei de volta do cursinho e Cristina continuava na cama. Será que ela estava doente? Não gostava de perder aula... A mãe contou que todo mundo a tinha chamado, até Mateus levara o carrinho novo para mostrar, mas ela não quis saber de conversa. Entrei no quarto e Cristina continuava enrolada nas cobertas, os olhos abertos no teto, com o calor que estava fazendo.

— Não está com calor, Cris? Está uma quentura danada lá fora...

Não respondeu. Sentei na beira da cama dela e tentei segurar sua mão, mas ela a afastou.

— O que está acontecendo com você? Fiz alguma coisa?...

Continuou muda, toda enrolada na coberta, mas não parecia suar. Me aproximei do seu rosto, para falar de perto, quem sabe assim ela me ouvia? Nesse instante, Cristina pulou da cama e saiu do quarto. Só vi um pedaço da camisola voando. Ela gostava de camisola assim, bem rodada, pra dançar em frente ao espelho antes de dormir. Toda noite tinha dança. A mãe apareceu na porta dizendo que Cristina estava esperando eu chegar pra se levantar, senão continuaria enroscada. E saiu. Fui atrás de Cristina e a encontrei abrindo o portão de casa e indo pra rua daquele jeito, com roupa de dormir! Corri atrás dela.

— O que é isso, Cris?... Volta aqui! Você está de camisola, vamos pra casa!... Tá doida?

Ela continuou andando, sem parecer que escutava, o povo em volta nos olhava.

— Vamos voltar, Cris, anda! Você está no meio da rua... Esqueceu que está de camisola?...

Não respondeu. Puxei o braço dela com força. Cristina gritou; as pessoas não desgrudavam os olhos da gente.

— Vem, Cris, tá todo mundo olhando...

Ela parou e ficou olhando para os pés descalços. Eu não sabia se chamava a mãe ou se continuava perseverando em fazer Cristina voltar.

— Quer que a mãe venha buscar você?

Ela então andou, e voltamos pra casa, sem que Cris desse uma palavra. Tornou a ir direto para o quarto, deitar na cama e a se enrolar na coberta. A mãe apareceu na porta dizendo que a comida ia pra mesa. A diarista apressava a mãe. Sentei de novo na beira da cama de Cristina.

— Cris, hoje o professor perguntou por você, eu disse que você não estava passando bem, por isso não tinha ido, ele pediu para na próxima vez você não se esquecer de levar o atestado médico pra fazer a prova, escutou?

Cristina virou as costas pra mim. Levantei da cama dela e sentei na minha, tentando entender o que estava acontecendo. A mãe voltou a chamar, dizendo que a comida ia esfriar. Fui almoçar, e Cristina não apareceu. A mãe perguntou o que estava acontecendo com minha irmã. Disse que devia estar chateada, dali a pouco passava. (Não adiantava preocupar a mãe.)

— É por causa de algum moço, Tide? Pra menina ficar desse jeito...

— Acho que não.

— Você acha?

— A gente não sabe tudo, né?

— Lá isso é!

Enquanto conversávamos, Mateus soprava dentro do ouvido do gato que tinha aparecido lá em casa.

— Não faz isso, menino! — disse a mãe, e Mateus saiu carregando o gato. — Volta! O almoço tá na mesa — ela disse e gritou pra Cristina: — Vou mandar guardar seu prato, viu, princesa?

Não se ouviu resposta. Será que Cristina tinha brigado com o namorado?... Quando terminou o almoço, resolvi ter uma conversa com ela. De irmã pra irmã. Fui para o quarto e sentei na beira de sua cama.

— Cris, quero conversar com você. Só nós duas. O que está acontecendo? Diz pra mim... Sei que você não gosta de falar, mas agora você está exagerando... Ninguém está entendendo o que está acontecendo, porque alguma coisa deve ter acontecido... Por que você não quer sair da cama? Brigou com o Afonso? Ou foi ele quem brigou com você? — Cristina cobriu a cabeça. — Eu sei que você não gosta de falar sobre isso... Mas lembra o que a gente combinou? Fazer o cursinho e ir para o Rio de Janeiro? Hein, lembra? Só nós duas... Você é a pessoa mais importante do mundo pra mim, Cris... Um dia você cismou que eu gostava mais da Ondina, lembra? Bobagem, né?... Acho que você estava com ciúme, pode ser. Ondina era minha amiga, e se a terra varresse ela eu não ia incomodar nadinha. Podia até sair ventando por esse mundão afora... Mas por sua causa, Cris, eu sofro muito. Sempre sofri cada arranhãozinho seu... A mãe até brigava comigo porque eu chorava mais que você, e você também sabe que o pai e a mãe nos adoram, e que você sempre foi a mais querida aqui de casa, e que nós somos, como diz o pai, gente de bem, cheia de...

Cristina saltou da cama e me empurrou com força, perdi o equilíbrio, escorreguei e bati a boca nem sei onde; caída no chão, com o ouvido zumbindo, sentia minha boca melando enquanto Cristina voava de volta pra cama, se enrolando toda outra vez. Minha irmã tinha me batido... Nunca tinha acontecido de brigarmos assim... Menos ainda de uma empurrar a outra daquele jeito. Levantei zonza, me apoiando no pé da cama, e tive a impressão de ter visto as perninhas do Mateus fugindo pelo corredor. Entrei no banheiro e me vi no espelho. A boca sangrava, e o dente da frente doía. Me lavei, chorando, me enxuguei, demorei ainda um pouco sentada na privada, chorando de novo, e quando abri a porta a mãe estava atrás dela, perguntando o que era aquilo na minha boca.

— Nada.

— Nada, Tide?

— Me borrei com batom.

— Não minta pra sua mãe, filha. Mateus foi me contar que Cris bateu em você. É verdadeira uma coisa dessas?... Cristina bateu em você? Mas o que sucede na nossa casa? Soltaram Satanás aqui dentro?... E quem abriu a porta? Você, que vai fazer a tal Comunicação, há de saber me comunicar...

— Não sei, mãe — disse, e saí andando em direção à sala; lá sentei, me enrodilhando no sofá, chorando.

— Vai botar gelo nessa boca que eu vou ligar pro seu pai.

Assim que ela acabou de falar, disse que o pai tinha mandado ela ligar para o nosso pediatra. A mãe ligou em seguida.

— Como o senhor não vai aparecer? Eu não posso levar a menina, ela não sai da cama, nem pra comer. Hein? Não estou ouvindo o que o senhor está dizendo, a ligação está ruim... Não, não conhecemos nenhum clínico. Vou pegar o papel pra anotar. — Fez um gesto pra eu catar o papel e começou a ditar o que ele dizia.

Em seguida ao telefonema, a mãe ligou de novo para o pai.

— Calcula que o doutor disse que não era da alçatura dele... Como um médico diz um troço desses, Heitor Luís?

Assim que a mãe desligou o telefone, disse que ia esperar o pai chegar para resolverem o que iam fazer. Ainda com o aparelho na mão, disse que ia ligar para tia madrinha; ela devia dar um jeito com aquela cantoria toda da igreja. Quem sabe cantando Deus escutava mais depressa. A mãe falava sozinha. Nervosa, coitada.

— Tia madrinha, a senhora não calcula o que está sucedendo aqui dentro da nossa casa. O Capeta veio visitar nossa filha Cristina. Logo ela, a mais mansa. Tide não liga porque sabe que a irmã é santa mesmo. Eu lhe peço, minha madrinha do coração, que a senhora vá até a sua igreja cantar pra nosso senhor Jesus, pra que venha ele mesmo em pessoa castigar quem merece e livrar a menina. Eu também estou saindo pra missa e vou rezar na frente da imagem que jamais me abandona. Lhe agradeço do fundo aqui da tormenta. Com a sua bênção.

Quando a mãe acabou de falar, olhou pra mim, perguntando:

— E você, por que está chorando? Ainda está doendo?

— Tá.

— Só se for no coração.

— É, mãe.

Nesse instante Mateus entrou na sala e perguntou se eu queria ver ele soltando pum. Apoiando as mãos no chão, ficou de quatro com a bunda empinada, soltando um pum atrás do outro. A mãe pôs o lenço na boca pra tapar o riso. Eu me levantei, fiz um carinho na cabeça dele e fui deitar na cama, ao lado de Cristina. Que continuava do mesmo jeito, toda enrolada, e com a cabeça coberta. Não se via nem uma pontinha do seu corpo. Queria se esconder mesmo. Abri o livro que eu estava lendo.

— O que estará havendo com a primogênita dos Moreira? Meus filhos são gente preciosa, saídos da lavra de Nancy Souza Moreira e Heitor Luís Moreira, mas podemos deixar o Souza de lado e destacar sobremodo o nosso inigualável e inestimável Moreira! Nossa prole, repito, há de abrilhantar a espécie, através da geração vindoura, sem esquecer o brilhantismo dos antepassados, que nos legaram determinação, honestidade e decência em todos os atos da vida! Assim havemos sempre de caminhar pela terra até o último dos Moreira!

O pai chegava.

3.

Nem sei quanto tempo o pai ficou em pé no nosso quarto discursando. (Devia estar com as pernas doendo, porque tinha varizes.) Às vezes as pessoas não entendiam o que ele falava, mas nós estávamos acostumados. Dizia que fora obrigado a deixar vários assuntos pendentes, que demandavam a sua atenção precípua, para voltar mais cedo para casa porque as notícias haviam sido alarmantes. Como sabíamos, éramos irmãs consanguíneas, portanto, o sangue sempre falava mais alto; por vezes, se exaltava; o episódio recente deixara transparecer. Mas como pertencíamos à linhagem dos Moreira, ele estava seguro de que reconsideraríamos o momentâneo desentendimento e a harmonia seria restabelecida. No lar, a paz deve ser soberana, para que possamos enfrentar os subterfúgios do cotidiano. Violentos, em sua grande maioria. Terminou dizendo que as palavras por ele ali pronunciadas estavam imbuídas de amor filial, e que visavam tão somente fortalecer a união familiar. E que ele se encontrava esperançoso de voltar a surpreender um sorriso nos lábios de suas filhas.

Cris não disse nada, mas, assim que o pai saiu, pulou da cama e foi direto para a cozinha; voltou tomando leite pelo gargalo e na outra mão mastigava uma banana. Cheia de fome, coitada. O que estava acontecendo com a minha irmã?...

A mãe suspirava na sala, baixinho, mas dava para escutar: agradecia à cantoria de tia madrinha e a Deus, por ter dado um bom pai a seus filhos. Naquela noite, assim que encostei a cabeça no travesseiro, dormi; estava exausta. Pouco depois, acordei e mais uma vez Cristina não estava na cama. Onde estaria? Saí catando, e lá estava ela na sala, com o rosto grudado na janela, olhando para o céu. Me aproximei devagar.

— Tá vendo a cara do Afonso lá na lua? — perguntou.

Tomei um susto tão grande ouvindo Cris falar que só escutei pouco depois.

— Ele tá olhando aqui pra mim.

— É? — eu disse.

— Ele deve gostar mesmo de mim, porque foi até lá só pra me ver do céu.

A mãe tinha entrado na sala de mansinho e logo saiu, fungando. Cristina continuou:

— Acho melhor eu me encontrar com ele...

— As nuvens estão no caminho, Cris — eu disse.

Ela se afastou da janela e voltou rápido em direção ao quarto; fui atrás, e nos deitamos. A mãe apareceu no corredor e espichou o olho lá para dentro. Fiz shh, com o dedo na boca. E ela sumiu. Ajeitei o travesseiro e as lágrimas se soltaram, uma atrás da outra, até eu pegar no sono e sonhar com nós duas pequenas, com as saias levantadas, rindo, chapinhando numa poça d'água.

No dia seguinte, Cristina voltara ao mutismo. Eu não conseguia entender o que estava acontecendo com ela. A mãe apareceu no quarto perguntando o que Cristina queria comer no almoço. Devia estar com a fome atrasada, disse, mas Cris não respondeu. Virou para o lado e se enrolou na coberta. A mãe levantou as sobrancelhas, suspirou e saiu do quarto. O pai foi o segundo a aparecer:

— Bom-dia! Que belo dia! Já olhou pela janela, minha filha? Vamos celebrar esta manhã tomando o café todos juntos? O que você me diz?... Sabe que toda criatura corpórea necessita de alimento? Não sei se você tem conhecimento que dobramos a nossa força quando nos unimos numa refeição matinal. Outro dia mesmo estava recordando que nascemos todos no mesmo município...

Cristina deu um pulo da cama e se trancou no banheiro. A mãe reclamou com o pai:

— Viu? O que vai acontecer agora com ela trancada desse jeito? E o café esfriando na mesa... Mateus já está lá batendo a caneca.

— Venha, minha filha, se juntar aos seus! — o pai ainda disse.

Acabamos de tomar café e Cristina não saiu do banheiro. A mãe a todo momento desviava os olhos para a porta, perguntando ao pai se ele achava que Cristina tinha feito alguma bobagem lá dentro. Depois contou que uma menina na rua de baixo se matara dentro do banheiro, e a família tinha desaparecido da cidade.

O pai estava quieto. A mãe insistia no assunto, provocando-o para que dissesse alguma coisa.

— Não tenho o que dizer diante de pensamentos desnorteados — disse ele.

E continuou a ler as notícias. Lia jornal todo dia na hora do café. Ela saiu da mesa e foi rezar em frente ao oratório que havia no quarto. O pai bateu na porta do banheiro e chamou por Cristina, que finalmente abriu a porta e foi direto para o quarto, voltando a se deitar.

Antes do pai sair para o trabalho, a mãe correu atrás dele na ponta dos pés, como sempre anda, e disse que ele não se esquecesse de ligar para o clínico. Ela não estava achando a situação nada boa. O pai saiu concordando com a cabeça, e eu saí também para o cursinho, apesar de ter chamado Cristina e ela não ter se movido na cama. Fui embora com o medo nos calcanhares, sentindo que algo muito ruim acontecia à nossa família.

Quando voltei do cursinho, Cristina não estava em casa. Encontrei a mãe na maior agitação, falando sozinha; assim que me viu, disse que já tinha telefonado pra tia madrinha e ela fizera uma oração pelo telefone mesmo. Mateus corria atrás do gato, a mãe gritava para ele parar, mas ele continuava. Saí à cata de Cristina. Perguntei aos vizinhos se sabiam dela, se a tinham visto, e ninguém sabia informar. Uma das vizinhas, quando acabou de responder, deu um risinho. Onde estaria a minha irmã? As lágrimas começavam a pingar na blusa quando vi Cristina ao longe, na pracinha. Estava agachada, e inteiramente nua! Desabalei atrás dela. Quando me encontrava próxima, escutei-a cantando:

— Nana, nenê, que o anjo em sonho vem...

Fazia carinho num pombo caído na terra, que eu nem sabia se estava vivo, enquanto outros revoavam ao redor. Levantei-a devagar, dei o braço a ela, pedindo que me acompanhasse. Cris concordou. De repente vi, do outro lado da praça, Afonso, o moço lá do cursinho, seu namorado; estava boquiaberto com a visão de Cristina nua, enquanto eu tentava escondê-la com o corpo.

— O que foi isso!? — A mãe nos esperava na porta de casa. — Um instantinho que eu fui ao quarto terminar a encomenda e Cristina escapuliu desse jeito! — disse, andando atrás de nós.

Ela, assim que se viu em casa, se soltou do meu braço e correu para a cama. A mãe andava de um canto ao outro, com as mãos para o alto, invocando os santos, até que viu Mateus nuzinho atrás dela, rindo.

— Vai botar a roupa, menino! Quer que eu te sapeque uma palmada?

Cristina voltou para a cama, para a mesma posição. A mãe foi para o telefone, aflita. Ligou para o pai contando o ocorrido, querendo saber se ele tinha conseguido alguma coisa. Depois repetiu tudo o que o pai dissera. Que outro médico viria. O pai havia procurado um doutor no serviço de assistência aos funcionários e, conversando com ele, explicara a situação. Mas alertou que se Cristina fosse homem podia ser presa por atentado ao pudor...

— Você ainda é moça, Tide?

— Mãe...

— Bom, vamos mudar de assunto. — Pediu então para eu vigiar Cristina porque ela precisava entregar a encomenda ainda naquele dia, mas não ia demorar.

— Claro, mãe.

— Você também é uma santa, filha.

— Não sou, não, mãe.

Mal ela se afastou o telefone tocou, atendi, era para ela mesma. Chamei-a. Saiu do aparelho dizendo que era mais uma encomenda, e das grandes, estava vendo a hora que teria que contratar ajudante. Que o pai tinha razão, não estava dando conta...

Mais tarde o pai entrou, acompanhado do doutor. Que chegou com uma maleta na mão e mal falou conosco. Olhava para cada um de nós no fundo do olho, até olhar desse jeito para Cristina e ela se tapar com a coberta. O pai mandou sairmos do quarto, esperarmos na sala, porque o doutor queria conversar a sós com Cristina. Fomos nos sentar na sala, fingindo ler: o pai, o jornal, eu, o meu livro; a mãe folheava uma revista quando o telefone tocou. Ela correu para atender.

— Faz oração, tia madrinha, pra que haja salvamento, minha menina está fazendo exame. Heitor Luís disse que o doutor vai conversar com ela. Agora veja a senhora, a menina não fala nem uma palavrinha, como vai conversar?... É verdade, sou forte na piedade, mas nesses dias a desesperação está no comando de mim. Fique com Deus a senhora também. Obrigada, minha madrinha.

Saiu do telefone dizendo que ainda bem que existia tia madrinha; o resto estava todo morto.

— O que é isso, Nancy?

— Estou aqui falando dos meus pais. Vocês não estão aqui vivinhos da silva? Ora.

Nesse momento, Mateus quis brincar de escravos de Jó com o pai e encheu o colo dele de pedrinhas. O pai disse que depois brincaria; Mateus então atirou pedra pra todo lado.

— O que é isso, menino? Ficou doido? — disse a mãe.

O pai fez shh.

— Agora é você também com esse tal de shh?...

A diarista apareceu e perguntou o que era para fazer para o almoço. A mãe disse que não era pergunta que ela fizesse naquela hora. A moça saiu levantando as sobrancelhas.

Passada meia hora, a porta do quarto se abriu e o médico saiu lá de dentro. Continuávamos sentados, enquanto Mateus assistia televisão. O pai mandou ele baixar o volume.

— Faça o favor de sentar, moço. Aceita um cafezinho com broa? — perguntou a mãe.

Ele agradeceu, sentando-se, e disse que precisava fazer algumas perguntas.

— Perfeitamente, doutor — disse o pai.

— O senhor tem certeza mesmo que não quer um cafezinho passadinho na hora? — insistiu a mãe.

— Não, obrigado.

O médico procurava um bloco dentro da maleta. Depois de encontrá-lo, puxou uma caneta do bolso da camisa, perguntando se Cristina ingeria bebida alcoólica.

— De jeito nenhum! — respondeu a mãe. — Aqui dentro não entra bebida a não ser...

— Minha mulher refere-se ao cálice de vinho do Porto que em algumas ocasiões, nas datas, naturalmente, eu tenho o prazer de degustar. Hábito dos Moreira antepassados. Como dizem... cria a cama e deita-te na fama.

A mãe enviesou os olhos para o pai, mas ele não percebeu.

— Ela estava tomando alguma medicação ou ingeria alguma droga?

— O que é isso?... Filha minha não faz essas coisas, não... Não é, Tide?, conta aí pro doutor... Fora de casa a vista não alcança, o senhor sabe...

— Minha irmã não bebe, não fuma e nunca usou droga. No cursinho, às vezes nos convidam pra tomar uma cerveja depois das aulas; eu por mim ia...

A mãe arregalou os olhos. Continuei:

— Mas Cristina nunca aceitou.

— Quando criança, como era seu temperamento?

— Ah, um anjo, boa demais mesmo, o senhor nem imagina... A santa da casa! Sempre quieta, né, Heitor? Não dava trabalho. Não havia quem não quisesse ter menina igual a Cristina... Já essa aí era tagarela, hein, Tide?

— Minha irmã sempre falou pouco, e a mãe tem razão, eu sempre falei muito mais que ela.

— Teria ocorrido recentemente algo que a tenha abalado?

— Nadinha — disse a mãe.

— Nenhuma novidade de que nós tenhamos tomado conhecimento — emendou o pai.

— Que eu saiba não aconteceu nada com Cristina.

(Não ia contar que ela estava namorando...)

O médico guardou o bloco, nos agradecendo, e disse que, na verdade, havia pouco a dizer. Seria necessário acompanhar a evolução do caso. Cristina estava em crise, portanto, não se podia prever os acontecimentos; seria aconselhável interná-la, para protegê-la do que ela pudesse infligir aos outros ou a si mesma. A mãe franziu as sobrancelhas, devia ter se atrapalhado com o verbo "infligir". Mas, como na nossa cidade não havia um bom atendimento para esses casos, ele sugeria que ela fosse levada para o Rio ou para São Paulo, onde são encontradas boas clínicas e pessoal especializado. Ele mesmo poderia indicar algumas. Aconselhava, no entanto, que ela fosse medicada antes da viagem, para evitar dificuldades no trajeto. E, assim dizendo, levantou-se em silêncio.

O pai estava com os olhos duros para a frente, como se estivesse petrificado, e a mãe parecia não ter escutado o que o médico tinha dito, só reparado no modo dele falar. Já que ninguém dizia nada:

— Então vamos pro Rio de Janeiro — eu disse. — A mãe tem uma prima lá, não é, mãe?

Ela balançou a cabeça.

O médico saiu, cumprimentando um por um, e logo que o pai fechou a porta saímos andando, cada qual para um canto.

Foi assim que, dias depois, Cristina e eu fomos para o Rio de Janeiro.

4.

Foram três dias de correria dentro e fora de casa. A mãe entregou a última encomenda, o pai aproveitou para tirar as férias a que tinha direito (estava um pouco satisfeito porque poria as leituras em dia), e eu fui ao cursinho suspender minha matrícula e a de Cristina.

— Temos que ir pro Rio de Janeiro, Cristina e eu, e não sei quando a gente vai voltar... — disse para a secretária, que bocejava.

— Rio de Janeiro? — perguntou ela.

— Lá mesmo — respondi, e já ia sair correndo quando a moça avisou que tinha que falar com o diretor, não sabia o que ele ia resolver...

— Depois eu ligo pra saber — disse, já saindo.

Arrumei minha mala e a de Cristina, porque, se ela melhorasse, nós íamos conhecer a praia de Copacabana, com que sempre sonhamos! E quem sabe não iríamos também ao Pão de Açúcar, ao Corcovado, espiar o Rio de Janeiro lá de cima, deve ser lindo! Uma praia atrás da outra, atrás da outra, atrás da outra, com as ondas levantando cheias de espuma e depois se esparramando na areia... Devem ser geladinhas...

A mãe resolveu deixar Mateus na casa de tia madrinha. E ele só aceitou ir quando soube que podia levar o tal gato de rua. O pai foi levá-lo e eu fiz questão de ir junto para meu irmão ir bem abraçadinho. Na hora da despedida beijei tanto Mateusinho dizendo que ia trazer um presente para ele do Rio de Janeiro, que ele ria, se jogando pra trás, e eu tive vontade de também beijar seus dentinhos. Mas não sabia ainda como compraria o presente, porque já tinha gastado toda a mesada em loção. Cris adorava perfume e eu achei que ela podia acordar com um cheirinho; mas ela, totalmente aérea, mal olhou. Saímos o pai e eu, com os olhos brilhando, torcendo para não debulhar, deixando para trás o nosso querido Teteuzinho, que tanto adorávamos. Cristina não estava podendo adorar ninguém...

Chegamos em casa e a mãe perguntou como tinha ficado o menino.

— Bonzinho — eu disse.

— Mas quando chegar de noite vai aprontar um escarcéu... Pobre tia madrinha... Vamos ter que levar um presente pra ela, Heitor Luís...

A mãe andava de um lado para outro, sem saber o que levar dentro da mala; queria carregar tudo, mas eu disse que devíamos passar a maior parte do tempo no hospital, que talvez não fosse tanto tempo assim, porque Cristina podia ficar boa antes do que imaginávamos.

— Não viu o médico dizer que lá tem bons especialistas?

— Por que você está falando igual a esse médico, Tide?

— Estou tentando falar como as pessoas do Rio de Janeiro.

— Está metida, hein?

Antes de sair, a mãe deu vários telefonemas; dizia às freguesas que ia passar uns dias fora mas logo estaria de volta. O pai e a mãe não gostam de contar o que se passa em nossa casa. Ele diz que somos os últimos Moreira, temos que preservar nossa dinastia. As histórias do pai...

Quando ficou resolvido que estava tudo pronto e que podíamos ir embora, soubemos que o médico era do Rio de Janeiro, por isso conhecia os bons hospitais. Já estávamos com o endereço da clínica, quando eu soube que a ambulância (ambulância?) iria buscar minha irmã, e que teriam que levá-la medicada; o pai contou que o doutor mandara avisar. As palavras passavam por mim soltas, voando, desesperadas, mas eu tentava disfarçar para a mãe não perceber, porque ela, agitada, dava passos em diferentes direções, falando com os santos, se despedindo das plantas. O pai já havia comprado as passagens de ônibus. Quando eu soube o que ele tinha feito, disse que queria ir junto com Cristina; nesse momento, entraram dois enfermeiros dentro de casa, perguntando onde estava a doente. Doente? Que doente? Minha irmã tem nome... Fui com eles até o nosso quarto, pedindo que esperassem; precisava explicar a Cristina o que ia acontecer com ela. Os moços pareciam dois guardas na porta do nosso quarto. Me agachei perto da cama de Cris, que continuava com a cabeça coberta e durante todos aqueles dias não havia tomado banho, e só havia comido banana e tomado um pouco de leite, dizendo:

— Cris, nós vamos para o Rio de Janeiro! Lembra como a gente queria conhecer Copacabana? Hein, lembra? Chegou a hora, Cris! Você vai na frente, nós vamos logo atrás, está bem? Vamos ver quem chega primeiro? Se o pai, a mãe e eu, ou você? Esses moços aqui vão te ajudar...

Cristina saltou da cama e saiu em disparada pela casa; os enfermeiros correram instantaneamente atrás dela. Corri atrás deles.

O pai já tinha trancado a porta de entrada.

— Deixa ela! Deixa! — eu gritava. — Não corre! Vem, Cris! Me dá a mão. — Estendi a mão pra ela, mas Cristina não me ouvia, parecia um pássaro tentando escapar, sem encontrar a saída.

— Deus do meu coração, salvai minha filha! — a mãe também gritava em meio ao alvoroço, acompanhando com seus passos miúdos a correria.

— Procure refletir, minha filha, seja cordata! — dizia o pai, dando voltas nele mesmo.

Cristina continuava desabalada pela sala, pulando cadeiras, derrubando coisas pelo caminho, em fuga incessante, até que numa das voltas os enfermeiros conseguiram pegá-la, levantando-a pela cintura; ela chutava o ar, gritando por socorro!

A mãe desandou a gritar por socorro também. O pai tentou se meter, eu também, mas os moços disseram que ela já ia se acalmar. Deitaram minha irmã na cama, enquanto ela, com um olhar de desespero, se debatia; aplicaram uma injeção no seu braço, e instantaneamente os olhos de Cris viraram, a boca se entreabriu, e a franjinha dela levantou, como se tivesse sido assoprada. Caí no choro abraçada à minha irmã, a mãe desabou em prantos nas minhas costas, e o pai, no canto do quarto, soluçava.

Haverá dor maior? Eu não sabia que uma tristeza tão grande nos esperava...

Dentro do ônibus, com a cabeça recostada no vidro da janela, eu estava um trapo, e Cris lá na frente, sem sabermos como estava. Será que tinha acordado e tentava sair da maca? Os enfermeiros disseram ao pai que ela iria amarrada, só devia acordar na chegada. Amarraram a Cris! Que horror! Como pôde acontecer uma coisa dessas? O pai e a mãe, desde a saída da rodoviária, estavam silenciosos, no banco de trás. Ele, com um livro aberto no colo. E nem sinal da ambulância pela estrada. Apagaram-se as luzes dentro do ônibus, eu já estava no escuro, sufocada em gritos. Lá ia minha irmã para o Rio de Janeiro, sozinha. Sem a minha companhia.

— Como está, meu bem? — ouvi o pai perguntar à mãe.

— Não estou valendo nada depois que vi uma filha caçada dentro de casa. Coisa medonha, Heitor. A coitadinha berrou e não adiantou, você viu. Não pensei de estar viva pra ver uma filha sair amarrada de casa... Acho melhor a gente repousar, você também deve estar em frangalhos...

Acordei com a fala da mãe:

— E tu, o que trouxeste na mala? O pente?

O pai não respondeu, ela continuou:

— Nós ficamos infelizes de um dia pro outro, Heitor. A vida é um trânsito, eles dizem. A tragédia abateu na nossa vida sem dó nem piedade. Desgraçou toda a família de uma só vez. Eu queria muito saber onde foram parar meus santos e o Jesus de tia madrinha que não estão vendo essa calamidade toda. Sabe me responder?

— Estamos chegando, meu bem.

— Bom, se não tem resposta, me deixa quieta.

— Daqui a pouco vamos ter que levantar — o pai avisou.

Virei para trás dando bom-dia.

— Bom-dia, minha Tidinha — disse a mãe, enquanto remexia a bolsa.

— Bom-dia, filha! Estamos chegando ao Rio de Janeiro, que já foi capital da República, época em que tudo florescia, desde as mais densas matas até os arvoredos mais singelos, e que é rodeada pela ociosidade dos mares; breve os veremos, um oceano após o outro, as ondas alterosas...

— Vamos saltar, homem!

— Vamos, mãe, vamos, pai, ver Cristina

— O que resta dela, Tide.

— Não fala assim, mãe!

Descemos do ônibus, o pai e eu carregando duas malas; enquanto ele levava a dele e a da mãe, eu levava a minha e a de Cristina, e a mãe bufava carregando uma sacola. Entramos num táxi e demos o endereço da clínica para o motorista. Perguntei onde ficava.

— Botafogo — respondeu ele.

Passamos por uma praia, depois por outra. Quanto barquinho... Que Rio de Janeiro mais lindo! E Cristina não estava vendo nada...

A clínica ficava num final de rua. Saltamos do táxi. Eu queria correr, mas precisava esperar os passos lentos do pai e da mãe, que estavam carregados, sobretudo o pai. Abri o portão de ferro sem cadeado e entramos, devagar, subindo os degraus de uma escada de pedra. No final dela havia um grande jardim maltratado, e a clínica se estendia até o alto do terreno, mas nós entramos numa das primeiras construções que ladeavam o jardim. Encontramos uma moça atrás de um balcão. Ao nos aproximarmos, o pai deu o nome de Cristina e a mãe disse o nosso. A moça pediu que esperássemos, tão logo o doutor responsável pelo plantão estivesse liberado viria falar conosco. Sentamos numa sala de espera onde não havia ninguém, apenas moças e rapazes malvestidos caminhavam pelo jardim à cata de informação. Alguns paravam na porta e nos olhavam, outros tentavam se aproximar, mas logo desistiam. Tinham o olhar vago e a boca molenga, e estavam tristes, coitados. Quem seriam eles? Perguntei à moça que havia nos atendido. Me olhando surpresa, ela disse que eram os pacientes.

— Heitor Luís, vamos embora! Isso aqui não é lugar pra nossa filha! — a mãe disse alto, se levantando. — Vamos! Vem, Tide! Vamos buscar sua irmã.

A atendente, percebendo a agitação da mãe, disse que aguardássemos, pois o doutor já vinha nos atender. O pai tentava consolar a mãe, que dizia que queria morrer. Nesse momento, um médico jovem apareceu e pediu que o acompanhássemos. Entramos num quarto pequeno com apenas três cadeiras e uma mesa. Meus pais se sentaram de um lado da mesa, e o médico sentou-se do outro lado; eu fiquei em pé, recostada na parede. Olhando para cada um de nós, ele disse que a paciente estava em plena crise psicótica, o que significava cuidados constantes, ser medicada e observada, porque havia o perigo de atentar contra a vida, portanto, enquanto estivesse naquele estado crítico, seria melhor não ser visitada; nesses casos, os pacientes ficam muito agitados na presença de familiares.

— Nós não vamos ver nossa filha!? — perguntou a mãe em voz alta.

— Sim, mas é preciso um pouco de paciência... Como é o nome da senhora?

— Nancy. Heitor Luís é o nome dele, e ela é Tide, irmã da Cris, que vocês prenderam aí. Ela vai atentar contra a vida? Por quê? Pode me dizer? Se for o que eu estou pensando...

O pai se levantou, agradeceu a atenção e perguntou se poderíamos voltar no dia seguinte. O médico disse que seria bom telefonar antes e, levantando-se, nos acompanhou até a porta.

Saímos, e, enquanto descíamos os degraus da clínica, a mãe perguntava ao pai:

— Que crise é essa que ele falou, Heitor? Nunca escutei isso... E que bobagem é essa de não poder ver a família? De onde ele tirou isso!? Mas é cada coisa que se vê nesse Rio de Janeiro...

— Cristina teve um colapso nervoso, Nancy. Mas ela é um Moreira, e os Moreira não são como os outros. Somos uma raça forte, destemida, que enfrenta as vãs adversidades. A felicidade vive em nossa companhia, instando a todo momento: vamos, coragem!

5.

Saímos da clínica tontos e confusos. A mãe dizia dentro do táxi que a vida dela tinha despencado da ribanceira e rolado para o mar. Só faltava agora ela morrer afogada. "Quando a desgraça abate na vida de uma pessoa ela não tem a mínima piedade", dizia. Além disso estava muito aflita porque tinha esquecido o nome da prima na casa da qual íamos nos hospedar. Pedia ajuda ao pai, que dizia não a ter conhecido. Não era da época dele. Aliás, tivera oportunidade de conhecer poucos cariocas, que lhe deram impressão de serem festivos porém fugazes. "Seres de ocasião", dizia ele. O pai se tornava falante quando ficava nervoso. Eu não tinha vontade de dizer nada, quem sabe acabaria igual a Cris, e ficaríamos as duas deitadas na cama, olhando para o teto, com a paisagem da praia de Copacabana pintada nele. A todo momento a mãe fazia o sinal da cruz (quanta igreja no Rio de Janeiro!) e pedia que Deus viesse em seu auxílio, fazendo com que ela se lembrasse do nome da bendita prima. De repente, soltou um grito, nos assustando:

— Neusa! Acho que é esse o nome — disse. E deu graças a Deus.

Em seguida, o pai perguntou se eu me lembrara de ligar para o cursinho para saber a resposta do diretor.

— Esqueci, pai. Vou ligar daqui.

Depois do táxi rodar pelas ruas do Rio de Janeiro e eu não ter visto nenhuma outra praia, o motorista disse que estávamos na Tijuca. Não era um bairro bonito; que pena a casa dela não ser em Copacabana! Pouco depois chegávamos ao edifício onde a prima da mãe morava. Demoramos para saltar porque estávamos carregados, e também cansados da viagem e do que tínhamos passado na clínica, deixando Cristina para trás. A rua era cheia de edifícios colados uns aos outros; subimos alguns degraus até alcançarmos uma porta de vidro e o porteiro aparecer do lado de dentro, perguntando para onde íamos. A mãe disse que tínhamos vindo de fora para a casa da prima dela, se desculpava, mas tinha sido um rol de acontecimentos tão atribulados que ela esquecera o nome da parenta. Mas não era moça nem velha; era alta, magra e, na última vez, estava loura. Morava sozinha, trabalhava na prefeitura, e a casa era coalhada de bibelô de gato...

— Ah, é no 302 — disse ele, e entramos.

O elevador era pequeno para nós e as bagagens.

— Esse trem vai cair, Heitor Luís.

— Não, Nancy.

— Quem disse?

— É raro acontecer.

Nos ajeitamos como foi possível dentro do espaço limitado do elevador, enquanto a mãe dizia que achava que encontraríamos a prima dormindo.

— Coitada! Acorda cedo pra trabalhar, e o salário é miserável. Um lesco de vida! Assim que eu entrar vou telefonar para tia madrinha pra saber do Mateus, que numa hora dessas deve ter aberto o berrador. Quanto trabalho pra madrinha, Santa Maria! Conheço os meus, estou estranhando é Cristina, que resolveu não dar mais uma palavra de uma hora pra outra. Sem explicação. Mas uma hora ela destapa, tenho fé, fora a fé da tia madrinha, que se juntou à minha. Pena vocês serem ateus desse jeito... — Se referia a mim e ao pai.

Quando vimos, estávamos diante da porta da casa da prima; na parede ao lado havia um grande pôster de um gato dormindo. A mãe tocou a campainha.

— Vão ver como é desmilinguida — dizia ela. — Parece filhote de pardal. Saiu ao pai, que era um fiapo de homem...

A prima abriu a porta cheia de rolos na cabeça, se desculpando por estar de camisola, tinha que se levantar cedo na manhã seguinte, mas deixara tudo arrumado para nós.

— O que é isso, prima, fica à sua vontade! — disse a mãe.

A prima abraçou cada um de nós e, no final, perguntou:

— Você não tinha duas filhas, Tereza?

Também tinha esquecido o nome da mãe.

— A outra está lá na clínica, Neusa.

— De onde você tirou essa Neusa, prima?

— E você essa Tereza?...

As duas riram, se abraçaram e depois se sentaram à mesa para tomar café enquanto o pai e eu fomos guardar as coisas. O apartamento era pouco maior que o elevador e para onde se olhava havia um bibelô de gato que variava de tamanho e cor; mal tinha lugar para sentar. Só havia dois quartos pequenos, e a prima reservara um deles para nós, que tivemos que nos apertar ali dentro. Quando acabamos a arrumação, voltamos para a sala; aproveitei para dar uma espiada pela janela, ver se dali se via praia, mas deparei com um paredão. Nesse momento a prima desejou boa-noite, dizendo que ia se deitar. Antes que ela saísse, a mãe comentou sobre os gatos. A prima disse que davam uma alegria especial à casa. O pai afastou três deles que eram de pelúcia e sentou-se no canto do sofá, com uma xícara de café na mão e um livro na outra. Sempre lia antes de dormir, quer dizer, lia a qualquer hora do dia. Me sentei ao lado dele, e ele, voltando-se para mim, disse que havia reparado que eu vinha me expressando melhor. Sorriu, sorri de volta para ele.

De repente, a mãe irrompeu na sala e, baixando o tom de voz, disse que a prima vivia sozinha, mas tinha sido casada com um poltrão. Uma noite o marido prendeu ela no banheiro e a prima teve que dormir nos ladrilhos... No dia seguinte, foi salva pelo bombeiro, mas tinha pegado uma laringite por causa da friagem. Desde esse dia ela fez um juramento de nunca mais pisar no altar.

Depois a mãe foi gritar no telefone; achava que nem tia madrinha nem Mateus a escutavam. Saiu do telefone dizendo que estava cheia de filho longe, só tinha mesmo sua Tidinha perto dela. E me abraçou. O pai achou melhor irmos nos deitar, mas antes daria o telefonema para a clínica. Quando conseguiu que o atendessem, mandaram que ligasse no dia seguinte, para falar com o médico da paciente. Fomos para o quarto. Estava quase dormindo quando escutei a voz da mãe:

— Heitor Luís, qual o remédio pra doença oculta?

O pai disse, baixo, que já tinha dormido.

A mãe se calou.

Ao acordarmos, encontramos um bilhete na mesa da cozinha. Nele, a prima dizia que já havia saído para o trabalho e que deixara uma cópia da chave para podermos sair e entrar à vontade. E assinara: prima. Continuamos sem saber seu nome.

— Ela não podia ter assinado, Heitor Luís?

O pai estava no interfone perguntando ao porteiro se havia banca de jornal ali perto. Queria saber das notícias, como todas as manhãs. Mas, antes de sair para comprá-lo, ligaria para a clínica. Foi o que fez, conseguindo falar com o médico; no final do telefonema, perguntou se podíamos visitar Cristina. O médico pediu que o pai voltasse a ligar dentro de meia hora, iria perguntar à paciente se ela queria nos ver.

— Que bobagem é essa de perguntar se Cristina quer nos ver? Então ele não sabe que ela é nossa filha, Heitor?

Depois do café, o pai voltou a ligar para a clínica, e o médico informou que a paciente gostaria de receber apenas a visita da irmã.

— Mas isso é coisa que Cristina faça, Heitor Luís? Desdenhar nós desse jeito? A gente tem essa trabalheira de vir para o Rio de Janeiro, largar nosso menino conversador pra trás, pra Cristina continuar muda com a gente? Estou pensando em voltar, Heitor Luís!

Fui voando me vestir. Feliz de Cristina querer me ver. Muito feliz! Estava com tanta saudade de minha irmã...

— Você não vai falar nada, homem?

— Veja a alegria que a notícia causou em Matilde, Nancy. Não devemos ocupar tudo com a nossa grandeza. Não podemos conter todas as criaturas humanas. Devemos continuar a nutrir, aperfeiçoar, no firme propósito de guiar e proteger, buscando que nada lhes falte. Adaptemo-nos a eles numa alegria sadia. Essa, a tarefa parental por excelência. Não desejais nada além das coisas dáveis.

— Às vezes me faz bem o que você diz, Heitor!

Me despedi do pai e da mãe, que perguntaram se eu sabia voltar à clínica. Disse que estava com o endereço dentro da carteira; o pai fez questão de me dar mais dinheiro, para uma eventualidade, disse ele. E mandou lembranças para Cris. Já a mãe mandou dizer que estava amolada com ela. Em seguida, disse que era para eu não dizer nada. Cristina podia emudecer mais ainda.

As escadas estavam vazias; subi correndo os degraus da clínica, por pouco não levo um tombo. Fui direto à recepção. Assim que cheguei, a moça do dia anterior me cumprimentou; devia ter me reconhecido. Perguntei qual o número do quarto de Cristina, dizendo o nome todo de minha irmã. Ela deu, e disse que ficava no segundo andar, mas que não tinha elevador. Pouco importava, nada me interessava mais do que ver minha irmã, saber como ela estava. Devia estar se sentindo sozinha, longe de todos. Subi a escada de dois em dois degraus. Assim que pisei no corredor, encontrei um enfermeiro, que perguntou aonde eu ia com tanta pressa. Respondi que ia visitar minha irmã. Perguntou o nome dela, disse, ele então mandou que eu entrasse devagar, porque ela podia se agitar. Achava que conhecia Cristina melhor do que eu! Entrei e vi Cristina dentro dos olhos dela, e eles se movimentavam! Quase pulei de alegria, mas me contive. Comecei a falar sobre o Rio de Janeiro, onde estávamos e aonde tanto queríamos chegar... Me ajoelhei ao lado de sua cama, apoiando os cotovelos nela, dizendo:

— Chegamos, Cris, chegamos! Lembra como a gente falava que queria conhecer o Rio de Janeiro? Lembra? Estamos aqui! E Copacabana deve ser pertinho de onde estamos... Vamos conhecer a praia que víamos pela televisão, as ondas, porque aqui tem onda, se tem... Cada ondona...

Não sabia se Cristina acompanhava o que eu dizia, mas eu estava com tanta saudade de conversar com ela...

— Por que você não quer falar, Cris? A gente sempre conversou tanto... Claro que eu sempre falei mais que você, mas você também falava... Até quando apagávamos a luz pra dormir, lembra? Agora eu não tenho mais com quem conversar. O pai e a mãe são o pai e a mãe, e Teteu é pequeno, além de ser menino e só gostar das brincadeiras dele, você sabe. Ele também não está entendendo o que aconteceu, e nós tivemos que deixar ele na casa da tia madrinha pra acompanhar você. Por que não me diz o que está acontecendo com você? Quando seus olhos fogem, pra onde você vai, Cris? Hein? Não me deixa sozinha, fala comigo... — Segurei a mão dela.

— Pede pro pai me tirar daqui! — disse Cristina, soltando a mão da minha, e eu tomei um susto tão grande que falei alto:

— Claro, hoje mesmo! — e me despedi dela dizendo que ia correndo falar com o pai.

Saí disparada, quando então me lembrei das palavras do enfermeiro e mudei de ritmo.

6.

Quando cheguei, a mãe estava aos gritos no telefone com tia madrinha. Depois falou com Mateus também e ralhou com ele, como ela diz, e, desligando o aparelho com o rosto avermelhado, despejou:

— Mateus botou fogo no gato! E tia madrinha socorreu a tempo, abafando as labaredas. Não sabe como isso aconteceu, mas acha que foi o olho dela que deve ter piscado e daí não viu!

Eu mal me aguentava de vontade de falar... O pai e a mãe me olhavam assustados.

— Agora você, desembucha logo o que está acontecendo com sua irmã — disse a mãe.

Falei, em pé mesmo, para ver se eles se apressavam:

— Cristina falou! Juro! Tomei um susto tão grande...
— Os dois sorriram. — E pediu pra você tirar ela de lá, pai! Tira, pai, tira! Depressa, anda! Vamos buscar a Cris, vamos, mãe, vai se vestir!

— Mas é tudo no galope, misericórdia... — disse a mãe, correndo para o quarto para se arrumar.

E o pai:

— Uma boa-nova, Matilde, mas antes preciso falar com o médico, com o plantonista, e dar uma palavra também à recepcionista, pela amabilidade da recepção.

— No caminho a gente conversa. Vem, pai, vamos! Cris ficou boa, ela falou, então está tudo bem, não é? Era esse o problema, não era? Eu sabia que ela ia ficar boa... Sabia...

A mãe reapareceu com a escova de cabelo na mão, se penteando.

— Vamos logo — apressava os dois.

Ela correu para o quarto para pegar a bolsa, e o pai catava o telefone do hospital.

— Não precisa telefonar, pai, a gente vai e lá você fala com o médico, vamos!

— Um instante — disse ele. E foi se arrumar também.

— Pronto, vamos buscar Cristina e hoje mesmo podemos ir a Copacabana, ver a praia, o mar... Se for como a televisão mostra deve ser lindão mesmo, cheio de onda!

Saímos apressados. A mãe reclamava que fazíamos com que ela corresse e suas pernas eram curtas... Na rua, pegamos o primeiro táxi e rumamos para a clínica. Assim que chegamos, saltei na frente, queria correr para dar a notícia a Cris; minha irmã ia ficar tão feliz, era tudo que ela queria, tudo que todos queríamos... O pai pediu que eu fosse com calma, devagar, estávamos entrando numa clínica, lembrou. Eu estava acelerada. Fomos direto à recepção; ele perguntou pelo médico de Cristina. A moça informou que estava terminando uma consulta. E apertou a tecla de um aparelho para avisá-lo da nossa chegada. Nos sentamos para esperar. O médico demorou a aparecer, mas os moços esquisitos e malvestidos, com aparência de sujos, voltaram a perambular na frente do prédio onde nos sentamos.

— Não olha, Tide, eles vomitam discórdia...

— Nancy.

A mãe silenciou. Nesse instante, o médico abriu a porta, chamando o Dr. Moreira. O pai se levantou empertigado e foi atrás do doutor. E eu torcia para que deixassem minha irmã sair, era a única coisa que eu queria para voltarmos a ser felizes. Os dois demoravam para conversar, e os moços continuavam a passar na nossa frente, alguns paravam com os olhos boiando nas órbitas. A mãe pediu que eu não desse confiança.

— Não trouxeste o livro? — perguntou.

Disse que tinha esquecido. Havia trazido sim, mas deixara lá no quarto, porque não ia ler mesmo. A conversa entre o médico e o pai não terminava... De repente, o pai apareceu, em silêncio, acompanhado do médico, que viera apertar nossas mãos. Quando ele saiu, o pai disse que queria trocar algumas palavras conosco. Fomos nos sentar num dos bancos do jardim maltratado, das plantas roídas... Ninguém colocava uma gota d'água nelas...

— Afasta, Tide, elas pinicam...

Então o pai falou, baixo, para que só a mãe e eu escutássemos, que o médico dissera que não concordava com a saída da paciente, que ela mal dera entrada na clínica, não estava bem, gostaria também que ela fosse vista por um clínico, a quem ele havia mandado chamar, e achava que estávamos nos precipitando, ela podia nos dar muito trabalho...

— Filho dar trabalho... ora essa! — exclamou a mãe.

— Mas, como eu era o pai da paciente...

— És o único! — aparteou a mãe.

— Pois bem, cabia a mim a decisão de mantê-la ou bater em retirada, eu disse, por ser o responsável. Firmaria o compromisso da responsabilidade e assinaria o termo necessário, porque minha filha estava desejosa de se ver longe daqui. Levaríamos nossa filha para casa, sua morada. Não sei se o senhor tomou conhecimento, disse a ele, de que minha filha falou. Rompeu o silêncio das trevas. Creio então que se alojou fora da confusão. Ele permaneceu em silêncio. Nada mais então havia a dizer senão agradecer a hospedagem e me despedir. Foi o que fiz. Na saída, ele disse que se encontrava à disposição. Tornei a lhe dizer meu muito obrigado.

— Iupi! — disse e quase pulei, mas me lembrei de onde estávamos e continuei sentada.

Perguntei se podia subir para dar a notícia a Cris. Concordaram, e eu tive vontade de disparar, mas voltei a lembrar que ali tinha que se andar devagar. Chatura. Lá fui eu me arrastando. Assim que cheguei, e minha irmã me viu, contei que tínhamos ido buscá-la, o pai e a mãe estavam lá embaixo nos esperando. Cristina se levantou num instante e saiu andando porta afora; saí atrás, chamando por ela, e quase a pego descendo as escadas.

— Calma, Cris, volta aqui, temos que pegar suas coisas.

Voltamos, e pedi que ela se sentasse enquanto eu guardava tudo dela, mas, como ela continuava em pé, ajudei-a a sentar. Devia estar meio tonta por causa dos remédios... e estava muda de novo. Pouco depois, estávamos lá embaixo, e a mãe dizia pra Cris:

— Não sei como está seu íntimo, filha, porque o meu se esfacelou... — E tentou abraçá-la, mas Cristina se afastou. — Está estranhando a mãe?

— Cris não está podendo responder por causa dos remédios que teve que tomar, não é, Cris?

Minha irmã voltara a emudecer.

O pai reapareceu; acertava as contas com a clínica. Assim que viu Cristina, tentou dar um beijo nela, mas Cris teve a mesma reação que tivera com a aproximação da mãe.

— Ela não quer saber de nós, Heitor Luís, só quer a irmã. Deixa pra lá...

Voltamos em silêncio dentro do táxi; de vez em quando a mãe soltava um muxoxo. Estava chateada com o silêncio de Cristina, claro; achava que minha irmã estava contra eles. Talvez a mãe tivesse um pouco de razão, havia uma revolta dentro da Cris, mas contra o que ela se revoltava?

Logo ao chegarmos na casa da prima, ela soltou um grito ao ver um dos gatos. Tínhamos nos esquecido que ela tinha pavor de gatos. Então eu fui de um por um mostrando que não eram de verdade, que eram os bibelôs da prima da mãe. E ela foi se acalmando e não olhou mais para nenhum deles. Na verdade, não olhava para nada. Passamos a tarde dentro de casa. O pai e a mãe várias vezes tentaram puxar assunto com Cristina, mas ela não respondia. De repente, foi se deitar, e lá ficou, quieta, olhos abertos para o teto. Como fazia em casa. Não sabíamos como devíamos agir, mas ficamos atentos, sem sair de casa.

À noite, disse à mãe que Cristina e eu comeríamos alguma coisa e depois iríamos dormir, porque no dia seguinte pularíamos cedo da cama, direto para Copacabana.

— Não é, Cris? — perguntei, e seus olhos me viram, mas logo escaparam. — Pra onde você vai quando faz assim, Cris? — perguntei. Não respondeu. Quem sabe alcançando o sonho minha irmã retornava? O que será que tinha acontecido pra ela ficar daquele jeito? O médico não explicou. O pai e a mãe, preocupados, diziam que Cristina mal tinha saído do hospital e eu já queria levá-la à praia. Talvez não fosse bom sair logo no dia seguinte.

— Pode ajudar na recuperação — eu disse.

Nesse instante, a mãe puxou assunto com o pai:

— Quando a fala voltar, aí Cristina vai estar curada! Estou pensando em chegar e mandar fazer uma placa e pendurar lá na entrada de casa: "Nessa casa é proibido qualquer pessoa ficar muda." Tenho dito o bendito.

O pai disse que estava ouvindo o estômago dele ron-ronar. Devia ser pela proximidade dos felinos. E a mãe reclamou que ele não tinha dito nada sobre a placa.

— Conversaremos mais adiante, Nancy.

Pouco depois, a prima abria a porta; a mãe então apresentou Cristina, e a prima não conseguiu dar um beijinho em minha irmã, porque, tal como fizera com a mãe e com o pai, Cristina se afastou. A mãe se desculpou, alegando os remédios, como me ouvira dizer, e a prima disse que estava acostumada à indiferença dos gatos. Nesse momento, a mãe disse que queria dar uma palavrinha com a prima, e as duas saíram andando pelo corredor; a mãe segredava se ela podia fazer o grande favor de tirar a chave do banheiro; depois explicaria a razão do pedido. Mas que ela ficasse tranquila, porque, quando lá estivesse, ninguém a incomodaria. E foram as duas para o banheiro, a prima para tirar a chave e a mãe para fiscalizar o serviço.

Deixamos todos na sala com o problema do banheiro resolvido, e chamei Cristina para irmos para o quarto. Dividiria a cama com ela. Me recostei na cabeceira da cama e fiquei lendo até ter certeza de que ela havia dormido.

Logo que amanheceu, não vi Cristina ao meu lado; saí procurando e a encontrei tentando abrir a porta da frente do apartamento. Que susto!

— Calma, Cris... Vamos primeiro tomar café, depois a gente vai. Sai, vem... — Puxei-a pela mão.

Depois do café, fomos, finalmente, em direção ao nosso sonho! No caminho, também de táxi, porque eu não sabia me locomover no Rio de Janeiro, disse ao motorista que queríamos ir para a avenida Atlântica. Lembrei o nome da rua da praia! Fui conversando com Cristina durante o percurso.

— As moças daqui devem ser diferentes, né, Cris? Criadas nas águas do mar... Eu queria ser carioca. E você? — Ela continuava muda; escutava? Seus olhos vez ou outra me viam, para escaparem logo em seguida. — Para onde você foi? Volta, Cris. — Mas não havia resposta. Disse que estava a seu lado, e que seu silêncio não ia escondê-la, quando, de repente, o motorista fez uma curva, veio uma aragem, e uma praia infinita se estendeu diante dos nossos olhos... — Copacabana, Cris! Estamos em Copacabana! — quase gritei. Havia também um enorme navio passando no mar, e gaivotas rabiscavam o céu. — Olha, Cris, olha! Chegamos! É aqui! Vamos saltar. — Com as mãos trêmulas, eu contava o dinheiro para pagar a corrida. Saltamos diante de todo aquele azul. — Olha, Cris! Olha! Não acreditávamos que um dia íamos chegar, né? Que estaríamos na praia de Copacabana... Quanta luz!... Mar zangado, não é? Parece que as ondas estão brigando... está escutando a voz delas? As ondas têm voz, sabia?... E olha como empinam, e quanta areia...

Ficamos ali, hipnotizadas, durante muito tempo. Depois, vi uma carrocinha de cachorro-quente do outro lado da calçada. Perguntei se ela estava com fome. Mais uma vez não houve resposta. Disse então para atravessarmos, que eu compraria cachorro-quente e depois voltaríamos para lá. Nos demos as mãos e atravessamos a rua. Havia bastante movimento.

— Tem muita gente em Copacabana, não é? — perguntei, mas Cristina estava totalmente alheia.

Paramos em frente à carrocinha e pedi dois cachorros-quentes, e também duas garrafinhas de Coca-Cola. Peguei a carteira para pagar, estendi o dinheiro e olhei para ver se ela tinha ficado contente. E Cristina não estava mais ali! Olhei à minha volta, cadê minha irmã! Para onde ela teria ido!?... Rodei os olhos para todos os lados e não a vi. Ouvi a voz do moço querendo me entregar os sanduíches. Saí desatinada, chamando por ela, esbarrando nas pessoas; nem o eco respondia. Andei tonta pelas ruas, tropeçando nas coisas, até começar a correr às cegas, em todas as direções. Cristina teria entrado no mar sem que eu tivesse visto?...

— Perdi minha irmã! — foi o que disse, em prantos, ao guarda que me fez parar.

7.

Desesperada, eu olhava para cada moça que passava, e nenhuma delas era Cristina... O guarda perguntava onde morávamos, minha irmã e eu. Em prantos, expliquei que não éramos do Rio de Janeiro, estávamos na casa de uma prima: nossos pais, eu e minha irmã, que tinha acabado de sumir, e isso não podia acontecer, porque ela havia saído de uma clínica onde tomara muitos remédios, e eu não vi quando ela se afastou e se perdeu, vai ver tentou me encontrar... O guarda me pedia calma, para que ele pudesse ajudar. Em seguida, perguntou o telefone da minha casa. Não ia mais explicar que não era a nossa casa! Dei, e ele disse que já voltava, que eu não saísse de onde estava. Chorava de quase não conseguir enxergar, totalmente descontrolada, pensando nas piores coisas que podiam ter acontecido... Quando o guarda voltou, disse que tinha falado com meu pai e que ele estava vindo de táxi.

Não demorou e estávamos todos reunidos na rua. O pai, a mãe e até a prima, que havia pedido licença no trabalho. E nem sinal de Cristina! Chorávamos desconsoladas, a mãe e eu.

— Sua irmã deve estar nas águas do inferno... Mar só tem descaminho...

— Não diz isso, mãe!...

O pai e a prima conversavam com o guarda, dando informações sobre Cristina. Ao redor, as pessoas se aproximavam, fazendo perguntas, e o guarda respondia que uma moça havia desaparecido. A mãe dizia que a família tinha se destroçado...

— Estamos tentando resolver — disse o pai, que tinha escutado o que a mãe havia falado; deixasse com ele, estava acostumado aos trâmites. Nesse momento, tirou do bolso a carteira da Caixa Econômica, mostrando-a ao guarda. Depois informou que, naquele dia, a filha desaparecida havia saído para um ligeiro passeio com a irmã. Queriam conhecer a praia de Copacabana, apesar do dia tormentoso e frio. Mas ela, que sempre fora um exemplo salutar de filha, havia saído de uma clínica na véspera, num estado precário, além de, circunstancialmente, ter se desorientado com a beleza que assolava a cidade. E deu detalhes de sua vestimenta, ajudado por mim e pela mãe, insistindo que Cristina estava de saltos altos, mas ela calçava sandálias. Nesse momento, o guarda sugeriu que o pai fosse à delegacia mais próxima lavrar a ocorrência. E deu o endereço.

— Onde vai? — perguntou a mãe, fungando.

— Tomar providências; já volto — respondeu o pai.

E continuou conversando com o guarda, pedindo que, enquanto fosse à delegacia, que ele, guarda, com seu prestígio e excelsa autoridade, acionasse a polícia federal. Enquanto isso a prima dava o endereço e o telefone da casa dela, para que, assim que localizassem a moça, entrassem em contato. Naquele momento, não havia ninguém em casa, somente os gatos, disse ela, mas a diarista (que eu nunca tinha visto) devia estar a caminho. A mãe disse que íamos ficar no lugar do sumiço. As duas. Qualquer coisa ela corria para o mar. A prima dizia que de nada adiantaria ficarmos na praia, se Cristina estivesse por perto já a teríamos visto. Mas a mãe não queria arredar o pé dali. Dizia que tudo que some volta para o lugar.

— Heitor sabe porque lê história policial. Tudo volta.

— A filha também ia voltar.

A todo momento eu refazia o percurso de nossa chegada. Tinha certeza de termos saltado do táxi. Depois, ficamos na calçada, paralisadas diante da vista da praia. Pensei até em dizer a Cristina para tirarmos o sapato e pularmos na areia, mas achei arriscado, talvez ela corresse em direção ao mar e eu não conseguisse alcançá-la. Quando pequenas, Cristina ganhava de todos na corrida. Lembro que ficamos ali, estateladas de frente para o mar, tontas de sonho e beleza; passado algum tempo, vi o homem que vendia cachorro-quente do outro lado da calçada. Perguntei a Cristina se ela estava com fome, além do mais adorava cachorro-quente. Atravessamos a avenida Atlântica de mãos dadas, indo em direção a ele. Fiz os pedidos, abri a bolsa para pegar dinheiro e, ao esticar a mão para pagar, olhei para o lado, e Cristina tinha desaparecido! Estava cansada de refazer esse percurso na cabeça, mas não conseguia parar de pensar, nem chegava a nenhuma conclusão... Não bastasse o nada desses pensamentos, minha cabeça latejava.

O pai, depois de dar dinheiro para a nossa volta, disse que iria à delegacia dar queixa. Não devia distar muito dali, segundo informara o guarda. E que esse era o procedimento imprevisto. Assim que possível, pediu que voltássemos para casa.

— O Rio de Janeiro é conhecido como a cidade dos oportunos — disse, se afastando.

O pai se atropelava com as palavras, ainda mais quando estava nervoso. O guarda, que conversava com a prima, logo depois foi embora, dizendo que iria vasculhar em volta. Em seguida, acionaria a patrulha mais próxima. Nesse instante, uma carrocinha de Chicabon passou à nossa frente lentamente; o homem também parecia curioso com o movimento.

— Tem Tom-Bom, moço? — a mãe perguntou, dizendo que não tinha ingerido nada, nem um cafezinho, desde que tinha vindo a notícia.

Expliquei que não existia Tom-Bom, se ela não queria escolher outro sorvete. A mãe então disse que não queria nada, só pensava em se afogar. Levantei do banco e disse que estava na hora de voltarmos. O pai já tinha avisado que o Rio de Janeiro era perigoso. A prima também concordou, acrescentando que o porteiro podia ter recebido notícia do paradeiro de Cristina. A mãe se levantou gemendo:

— Vamos; tristeza perto do mar cresce. Virgem do céu, odeio oceano... Olha lá as garras dele! — disse.

Entramos no táxi; eu tentava me controlar, porque a mãe estava desesperada, torcia o lenço na mão, parecendo que ia rasgá-lo.

Dizia:

— Rogaram praga, Tide. As pessoas não gostam da felicidade além deles, querem ela juntinho. A vida toda vocês queriam conhecer essa praia; não vou mais pronunciar o nome... Será que sua irmã está falando com espuma? Deus meu, onde estareis?...

Me abracei com ela. E a mãe foi gemendo e chorando até chegarmos ao apartamento da prima.

Assim conhecemos a praia de Copacabana, com a qual tanto sonháramos, Cristina e eu.

— A senhora nem imagina a deriva da tormenta em que estamos...

Tínhamos chegado, e a mãe foi direto para o telefone falar com a tia madrinha.

— Levaram a nossa princesa. Ela mesma, Cristina. Saiu com a irmã pra tomar banho de mar e o Rio de Janeiro engoliu ela. Ninguém sabe onde foi parar. Heitor foi à delegacia, e até agora não temos notícia... Mas a polícia está no calçamento...

Saí da sala e fui para o quarto me deitar; chorar sem que ninguém visse. Estava desesperada, com o coração no ar... O resto todo também estava fora do lugar. Me sentia tão menor... Por que fui fazer aquilo? Não adiantava dizerem que eu não tinha culpa. Cristina não estava bem, evidente que não estava, mas eu tinha insistido para irmos à praia, logo depois de ela ter saído da clínica. Se eu não tivesse feito o que fiz, nada disso teria acontecido. Não sabia que a nossa vida iria acabar num voo tão curto...

— Por que está enfurnada nessa cama? — a mãe perguntou, parada na porta do quarto.

— Estava pensando.

— Estava nada, estava era gastando lágrima. Temos que ter fé. Acabei de falar com tia madrinha, e ela disse que não podemos vacilar. Nosso Senhor Jesus Cristo não gosta disso. Estamos numa luta espiritual, ela disse, havemos de ganhar; o pai vai trazer boa notícia. Levanta daí, vai, Tide! Ou você quer que eu perca as duas de uma vez só? Acha que vou parar viva?

Levantei e enxuguei o rosto; o banheiro estava ocupado com a prima, então fui para a sala, acompanhando a mãe. Disse que ia ler. Ela concordou, dizendo que era a única coisa de que eu gostava. Que eu tinha puxado ao pai.

— A prima não abre esse banheiro de jeito nenhum, deve ter se afogado no espelho. Mas é vaidosa, Virgem Mãe do Céu... Mas nós não podemos dizer nada, porque temos que ser muito agradecidas pela hospedaria...

— Prima? — ouvimos a voz dela.

— Estávamos mesmo falando de você — a mãe alteou a voz para que a outra escutasse —, que nem tem tempo pra se cuidar, por causa do fuzuê que arrumamos aqui dentro, não é?

— Que nada... Querem usar o banheiro? — perguntou.

A mãe disse que ia dar um pulinho e saiu correndo. Eu tentava me concentrar na leitura, mas não conseguia, as palavras escapavam... Onde Cristina tinha ido parar?... E se ela nunca mais aparecesse!?

O telefone tocou, a prima atendeu, dizendo que o pai havia encontrado Cristina num supermercado.

— Hein? — perguntei da sala, já me levantando, mas a prima tinha desligado, dizendo que o pai telefonaria dentro de instantes, porque queria dar a notícia à mãe.

Meu choro explodiu, inundando meu rosto. Acho que pela primeira vez na vida me ajoelhei e dei graças a Deus.

Assim que saiu do banheiro e soube da notícia, a mãe gritou:

— Deus do meu coração, louvado seja Nosso Senhor Jesus! Tide!

Levantei de um pulo e fui atrás dela. Encontrei-a se amparando nas paredes do corredor, dizendo que estava indo para o chão.

— Emoção derruba, né, filha?

Nos abraçamos em prantos e assim ficamos; quando o pai voltou a ligar, ela foi atender.

Cristina tinha aparecido! Eu estava tão feliz, tão aliviada... minha irmã estava viva! Guardada pelos anjos, certamente. Em anjo da guarda eu acredito.

Mal o telefone tocou, a mãe avisou à prima que não precisava se incomodar, ela mesma atenderia o marido. Tinha certeza de que era ele, o Moreira.

— Diz... Ah, é? De somenos? Está bom. Não, não me diz uma coisa dessas, Heitor Luís, você está zombando... Fala mais, porque eu vou ter que repetir tudinho. Já, já vou me ajoelhar lá dentro pra agradecer. Não deixei de trazer a imagem da Virgem Santíssima. Até mais, não, vem logo, você e Cristina. Não, não vai ser difícil de encontrar táxi...

A prima e eu estávamos com os olhos grudados na mãe, esperando o que ela ia dizer.

— Gente, só posso dizer que amanhã mesmo estamos voltando. A história que aconteceu foi que Cristina se afastou da irmã por causa da fartura de tanta coisa que via e foi andando, andando, e se perdeu; foi parar no supermercado. Estava com fome, então pediu uma banana pro moço. Pronto, o alvoroço tomou conta do lugar, porque aqui tudo é gatunice... Mas Heitor chegou e resolveu. Mas a surpresa vocês não perdem por esperar: imaginem que minha filha virou conversadeira outra vez! Pois foi ela mesma quem contou tudo ao pai. Heitor disse que ela está falando até demais, dizendo coisas bizarras. O que é mesmo bizarra, Tide? Me fugiu agora...

— Estranha.

— Não sei onde estou que não saio rodando... Põe uma música aí, prima... — disse a mãe.

Cristina estava falando coisas estranhas?

8.

Antes de a prima abrir a porta, escutamos a voz de Cristina; a mãe, assim que a viu, correu para abraçá-la, mas Cristina, se afastando, não retribuiu o abraço. Estava agitada, suja, falante, descabelada, dizendo que encontrara seu príncipe, mas o pai não a tinha deixado trazê-lo.

— Por que, pai? Por quê? — perguntava.

— E que príncipe era? — a mãe quis saber.

— Cristina sofreu um ímpeto natural nas moças de sua idade. Estávamos no supermercado, esclarecendo o incidente de somenos importância, quando abraçou-se com o funcionário que ordenava o setor do material de limpeza, confundindo-o com um colega de curso, naturalmente. Queria trazer o rapaz conosco. Calcule isso, prima! Mais um hóspede em sua residência que a todos acolhe com ampla e restrita generosidade...

A prima estava em pé, imóvel, segurando um secador de cabelo; não disse uma palavra. Cristina ria sem parar e, quando ouviu a música que ainda tocava, saiu dançando pela sala. A mãe aplaudia, ria e chorava, dizendo que a filha estava cheia de graças. Só podia ser resultado das preces. Ela precisava comunicar à tia madrinha e saiu da sala.

Cristina rodopiava; nem tinha me visto. Me aproximei dela chamando-a. Ela abraçou-se comigo, e ficamos as duas dançando, enquanto ela ria descontroladamente. O que estaria havendo agora?... O médico tinha razão, Cristina não podia ter saído da clínica; nos precipitamos. Nesse momento, a prima resolveu desligar o som, a pedido do pai, que achava que Cristina devia estar cansada. E necessitada de um banho. Ao escutar as palavras do pai, ela pulou em cima do sofá e continuou se sacudindo.

A mãe voltou correndo do telefone para contar o que escutara:

— Tia madrinha disse que Cristina está verificada em Cristo. Devolveram o sangue inocente dela! Devem ter sido os catecúmenos, ela deve ter falado com eles... — Depois, viu o que Cristina estava fazendo: — Princesa, estamos todos satisfeitos, mas não precisa sacrificar o sofá da prima... — disse, puxando-a pela mão.

Cristina caiu em cima da mãe, que perdeu o equilíbrio, e as duas quase foram ao chão. A prima continuava parada, com o secador na mão, sem dizer uma palavra. A mãe e o pai riam, comentando que Cristina tinha retornado a seus sentimentos. E eu não sabia o que podia acontecer dali para a frente.

Já tinha anoitecido, e ninguém conseguia que Cristina entrasse debaixo do chuveiro. Gritava, nos empurrando. Nesses momentos, a prima aparecia, muda, na porta do banheiro. Então desistimos. Depois a mãe tentou ver a novela, e o pai, ler o livro na sala, mas Cristina não sossegava. Quando parou de dançar, começou a cantoria. A mãe acompanhou-a numa música que eu nunca tinha escutado: "Índia". Os agudos que a mãe dava doíam o ouvido. Depois que ela se cansou, Cristina continuou desfilando canção atrás de canção, inclusive em inglês, que ela não sabia. Nesse momento, o telefone tocou. A prima conseguiu se mover, e foi atender o aparelho:

— Juvenal! — disse, tapando o bocal com a mão, sussurrando que a casa dela tinha virado um pandemônio, ligaria para ele mais tarde.

Ninguém escutou o que ela disse. Depois, a prima foi trancar-se no quarto. Jantamos ao som das risadas e dos gritos de Cristina; da agitação dela. Ela fazia sozinha a dançarina, a cantora, a palhaça... Será que os pais achavam que isso era alegria? Na verdade, acho que estávamos assustados. A mãe resolveu providenciar o jantar. Bateu na porta do quarto da prima para saber se ela queria tomar sopa; ela respondeu que não estava com fome. O pai comentou que a prima ficara indisposta com o ambiente. Com a vã agitação. A mãe retrucou que devia ser fricote.

Depois de comermos, fomos para o quarto, menos o pai, que havia pedido à prima para dormir no sofá da sala. Queria nos deixar à vontade.

Cristina continuava a falar, contando coisas difíceis de acompanhar, misturando histórias, rindo à toa, pouco se importando se a ouvíamos ou não. A todo momento a mãe fazia shh, mas Cristina parecia não escutar. O pai passou várias vezes pela porta do quarto, perguntando se não estava na hora de nos entregarmos a Morfeu, como sempre dizia lá em casa. Cris também não demonstrou ter escutado. Eu tentei ler, mas não consegui chegar ao final de uma página. Nesse momento, a prima apareceu na porta do quarto para oferecer um dos seus calmantes, mas a mãe achou melhor Cristina não tomar, com medo de que ela viesse a se calar outra vez. E ela não se cansava. O pai voltou a aparecer, dizendo que estava ouvindo a voz dela na sala.

— É dela mesma! De quem você pensou que fosse? — disse a mãe, e ele desapareceu.

A prima também retornou, silenciosamente. Pé ante pé, andava de um lado para outro, juntando seus bibelôs, e, abraçada a eles, voltou a se trancar no quarto. Cristina, na falação contínua, disse que tinha visto o ladrão fugir. A mãe voltou a fazer shh, porque a prima podia ouvir e ser um Deus nos descuida. Depois a mãe passou a noite rezando; a todo momento ouvíamos:

— Vosso é o dia e Vossa é a noite.

Na manhã seguinte, estávamos devastados. Ninguém tinha conseguido sequer cochilar. E Cristina, rouca, não conseguia parar de falar. A prima telefonou para o trabalho dizendo que se encontrava impossibilitada de ir.

Passara uma noite terrível. E voltou a se trancar no quarto, falando sozinha. O pai e a mãe conversavam baixo na sala sobre Cristina. Ele dizia que esses aspectos da vida eram a própria vida desnorteada. O trabalho soberano do desatino. Que ela estava inflamada por quimeras; o espírito entrara em ebulição. Ninguém a não ser um brutamontes ou Deus vive só nas trevas ou só na luz. Os seres humanos se alternam nas duas faixas. A mãe ouvia emocionada. O que acontecia com frequência nas conversas entre eles dois.

Dizia ela:

— Mas nossa filha não vai parar de falar? É triste estar toda alegre desse jeito, não é, Heitor?

— Cristina se encontra no ápice do que ignoramos, Nancy; nele se reúnem seus pensamentos dispersos. Veja que suas palavras não se esgotam, portanto, não podemos esperar que ela decline do estado em que se encontra; é aconselhável irmos o quanto antes de volta à clínica. O médico precisa vê-la e prescrevê-la.

Saímos o mais rápido possível. Deixamos o telefone tocando e a prima trancada dentro de casa. A mãe disse que devia ser o tal Juvêncio.

— De quem você fala, Nancy?

— Do sujeitinho que ligou para a prima.

A mãe escutara o telefonema. Escutava tudo.

Assim que o elevador chegou ao térreo, Cristina correu na nossa frente e agarrou-se com o porteiro, tentando beijá-lo.

— É ele, o príncipe! Não é, pai?

O pai sorriu para o homem, se desculpando, dizendo que sua filha o confundira. E, aproximando-se dela, disse: Cristina Moreira. Ela não respondeu, continuou abraçada ao porteiro.

— Solta, filha, solta! É o moço da porta... — a mãe dizia, batendo em Cristina com a bolsa. — Ajuda! — a mãe se dirigia também ao porteiro.

Nesse momento, o elevador chegou, outras pessoas apareceram e, vendo a cena, saíram abafando risos.

Tentei ajudar.

— Sai! Sai! — Cristina gritou comigo.

Recuei, sentida. Depois de alguns minutos de luta, conseguiram desvencilhar Cristina do porteiro, que não disse uma palavra. Escapuliu, dizendo que ia ver uma coisa na garagem. E nós, felizmente, conseguimos pegar um táxi logo na saída do edifício. Estávamos exaustos da noite insone e do que tínhamos acabado de presenciar. A mãe dizia que não estava conseguindo caminhar, esperava que lá tivesse uma cama para ela, porque tinha dormido sem sentido corporal. O pai, com olhos vermelhos, deu o endereço da clínica e, passando a mão na cabeça de Cristina, dizia que ela era um Moreira, portanto, haveria de encontrar o curso da sua vida e dar um rumo magnífico a ela. Todos querem uma vida feliz...

— Não é, princesa?

A mãe dizia baixinho que estava acentuada de vergonha.

Durante o percurso até à clínica mal nos aguentávamos; a mãe, caída para trás, com a boca aberta, largada dentro do carro, nem se incomodara com a saia, que ficara levantada acima dos joelhos ao entrar no táxi. Com cuidado, puxei-a para baixo, e ela nem notou. O pai tapava o rosto com a mão, gesto que fazia quando dormia fora da cama, e a cabeça recostara-se contra o vidro da janela. O motorista caía com o carro em quase todos os buracos, fazendo a cabeça do pai trepidar contra o vidro; nesses momentos, ele acordava e dizia que o Rio de Janeiro era uma metrópole cheia de altos e baixos. Eu, zonza, sem conseguir raciocinar direito, e Cristina continuava na ladainha desconjuntada dela. Era praticamente impossível acompanhar o que dizia; misturava tempos e histórias, regressava às coisas da infância, e vez ou outra emitia um grito, chamando o nome de alguém que não conhecíamos... Onde estaria a minha irmã? Para onde teria fugido? E eu pensava também no meu irmãozinho, de quem sentia muitas saudades, e que devia estar confuso com o nosso desaparecimento. Mas ainda bem que ele não estava vendo Cristina daquele jeito. Ia se assustar.

Na clínica repetiu-se o ritual da vez anterior. A moça da recepção nos reconheceu. O pai perguntou pelo médico. Ela, percebendo a urgência da situação, disse que ia avisá-lo. Cristina continuava falando, sem se endereçar a nenhum de nós, e também sem fazer perguntas. Era uma fala circular e ininterrupta. Quando dois enfermeiros foram buscá-la, não ofereceu resistência, seguiu falando, como alguém que nada sofre.

Dessa vez, o pai não demorou para conversar com o médico. Saiu da sala dele cansado, abatido, tonto, dizendo que ligaria mais tarde.

A cada dia Cristina se afastava mais de nós: onde estava o seu olhar? Seus gestos? Sua alegria? Como viveríamos sem a sua presença? O que tinha acontecido à nossa família?

Voltamos os três para a casa da prima em silêncio, comemos alguma coisa na cozinha, com olhares perdidos, em seguida fomos para o quarto andando feito robôs. Deitamos sem trocar uma palavra e, quando eu quase adormecia, escutei ao longe o som de uma sirene.

9.

Meus pais acordaram falando sobre Cristina. Apesar de descansados, da noite bem dormida, estavam aflitos. A mãe, chorosa, dizia que o sangue dela tinha virado lágrima. Eu também estava confusa, esquisita, sentindo tudo fora do lugar. E de fato estava. A mãe se lamentava, dizendo que a desgraça se abatera sobre a nossa família. Não ia sobrar um vivo! Não sabiam o que fazer dali em diante. Ela e o pai conversavam durante o café, dizendo que precisavam voltar para casa, não só por causa do trabalho, mas também porque havia dias não viam Mateus, e ele era pequeno para ficar tanto tempo longe deles. Perguntaram então se eu podia ficar no Rio de Janeiro, achavam importante ter alguém da família por perto acompanhando Cristina. Achei que tinham razão. Apesar de nunca ter ficado sozinha, muito menos numa cidade que eu não conhecia, disse que sim. Sabiam que podiam contar comigo, que eu sempre me oferecia em sacrifício, disse o pai. Assim eles voltariam para casa e eu mandaria notícias frequentes de Cristina. Quem sabe, dentro de pouco tempo, ela também não voltaria? As férias do pai já iam pela metade e ele queria aproveitar os dias que faltavam para conversar com o médico da Caixa, que certamente tinha muito a esclarecer sobre doenças ocultas.

— Meu dileto e completo amigo Roberval de Assis Júnior. Um homem profundamente instruído, cuja capacidade extrapola os limites, uma assumidade!

O pai e seus tropeços...

— Também estou querendo voltar, apesar de lastimar deixar vocês duas pra trás, principalmente minha princesa, que está entregada àqueles homens...

Mas ambos estavam saudosos e preocupados com Mateusinho. A mãe achava que depois de pôr fogo no gato, alguma ele devia ter feito à pobre tia madrinha, porque ela se calara. E no último telefonema a voz dela parecia um pio.

No entanto, para que eu continuasse no Rio de Janeiro, precisavam consultar a prima, saber se ela aceitaria que eu ficasse sem predeterminação calculada, dissera o pai. Nesse momento, perguntei se eu não iria mais frequentar o cursinho. O pai disse que eu ficasse tranquila, porque ele iria pessoalmente ao curso, para pedir que trancassem a minha matrícula provisória. Se necessário, faria um *referendum*. Estava habilitado. Restava então a chegada da prima para ver o que ela tinha a dizer, afinal, era a proprietária imobiliária, disse o pai. Nesse instante, a porta da frente se abriu, e a prima entrou acompanhada de um homem a quem apresentou:

— Juvenal.

Ele era forte, altura mediana, nem bonito nem feio, usava costeletas e fazia muitos gestos. Pelo jeito, a prima estava apaixonada. A mãe sussurrou no ouvido do pai que era o tal Juvêncio. O pai aproveitou a chegada da prima e contou sobre os nossos planos. Percebemos o alívio na expressão do rosto dela quando escutou que eles voltariam para casa. Dariam descanso a ela, disse ele. Mas que ainda precisavam de um pequeno favor. Juvenal gesticulava, acompanhando o que o pai dizia. Parecia que brincava. Depois de tudo acordado, a prima contou que Juvenal trabalhava no circo. Era domador de leões.

— E o dia que o chicote caiu e o leão avançou em cima de mim? — disse ele, movimentando os braços, esbarrando nas coisas, deixando um dos porta-retratos da prima balançando na parede.

A mãe saiu correndo da sala.

O pai dizia que o leão é um animal de porte, garboso, porém, predador, surpreendia zebras e antílopes. E Juvenal, se jogando no tapete da sala, continuava a contar, rolando de parede a parede, como se esquivara do leão. Depois, dizendo que ia fazer uma demonstração de como domar leões bravios, começou a saltar de um lado para outro, fazendo escudo das almofadas, como se a sala da prima estivesse apinhada de feras. A prima a tudo assistia quase babando. O pai, dando apartes, também se mostrava interessado. A mãe estava sumida lá dentro; ouvíamos o barulho que fazia arrumando as coisas. E eu, não sei por que, achei que a prima corria perigo. Ela era pálida, magra, frágil. Um pardalzinho, como dissera a mãe. Vi a prima estendida no chão toda quebrada. Comecei a temer também por mim, porque tenho cabelo crespo, comprido e louro. Uma cabeleira, na verdade. Para ser confundida não custava. Além disso, à diferença da prima, que é uma tripa, eu sou forte. Os perigos, tal como as ervas daninhas, cresciam por todo lado. O Rio de Janeiro é uma cidade completamente diferente da que eu imaginava...

A mãe reapareceu, interrompendo a cena do Juvenal, que ficou com os braços estendidos no ar. Ela dizia que tinha falado com tia madrinha que em breve estariam lá para buscar Mateusinho e dar sossego a ela. A madrinha dissera que Cristina sofrera uma elipse passageira dos santos. A mãe disse que não tinha entendido, mas concordava.

A prima, suspirando alto, chamou Juvenal para irem para o quarto.

"Come on, darling..."

— Pensa que a gente não entende... Quanta indecência, hein, Heitor Luís? E nós vamos deixar Tide aqui...

Eu estava sentada no sofá, lendo. O pai lembrou que ficaram de ligar para a clínica; era o que ele ia fazer naquele momento. E foi para o telefone. Depois de uma ligação rápida, saiu do aparelho dizendo que informaram que a paciente dormia e que o horário de visita era entre duas e quatro horas da tarde.

— Então a gente só vê nossa filha na hora que eles querem?

O pai propôs irem visitar Cristina deixando tudo arrumado, porque na volta era só pegar as malas e seguir para a rodoviária.

— Responde, Heitor Luís!

— O quê?

— Nós só vamos ver nossa filha na hora...

— Nancy, numa clínica existem regras, regulamentos, normas, prioritismos. Temos que atacá-los!

— Você errou agora, Heitor Luís.

O pai não respondeu, porque dizia que aprendera cedo a não se indispor com seu semelhante. A mãe saiu, dizendo que não queria mais saber de conversa e que era tudo na carreira, um dia ela ia partir as pernas.

Antes de arrumar a valise, como o pai a chamava, ele parou na minha frente, recitando:

"Nosso céu tem mais estrelas,

Nossas várzeas têm mais flores,

Nossos bosques têm mais vida,

Nossa vida mais amores..."

— "Canção do exílio". Conhece, Matilde? Escrita em 1843, calcule você... Em Coimbra, Portugal. É do nosso augusto poeta Gonçalves Dias. O livro está lá em casa. Você precisa ler também os poetas, minha filha — disse ele.

Lembrei nesse momento de pedir dinheiro para comprar livros, não sabia quanto tempo duraria minha estada, e eu já estava quase terminando o romance que tinha levado.

— Sim, e ainda tenho que dar o dinheiro da movimentação dos seus dias, não é mesmo? À noite, distraia-se com os sonhos; estamos conversados, minha filha? Basta uma princesa extraviada — ele ainda disse e foi arrumar suas poucas coisas. Trouxera uma roupa de dormir e três camisas, livros, e uma caderneta de anotações. Calça ele achava que uma bastava. Já a mãe transportara quase a casa.

Saímos sem rever Juvenal e tampouco a prima.

— Devem estar esfalfados trancados ali dentro... — disse a mãe, lançando os olhos para a porta do quarto da prima.

O pai procurava a caneta para deixar um bilhete sobre a mesa da cozinha. Fazia questão.

— Não se abandona um lugar sem a mais ínfima gratidão — disse.

Sentou-se para escrever. No bilhete, dizia que foram visitar a filha na clínica, mas não se demorariam. Assim que chegassem de volta, era o tempo de pegarem a bagagem e partirem para a rodoviária. Gostaria, contudo, caso não a encontrassem, de agradecer sumamente as provas de cortesia, assim como a solicitude abnegada. Com a gratidão de...

A mãe lia sobre o ombro dele.

— Não quero que ponha meu nome, Heitor Luís; a prima não disse o dela, você cansou de ver...

... da prima e de Heitor Luís, o pai terminou o bilhete.

A mãe sorriu, e saímos em seguida.

Dentro do elevador, ela dizia que pela primeira vez achava bom Cristina não estar com eles.

— Não tenho olhos pra esse homem aí da porta, Heitor Luís... — sussurrou, passando pelo porteiro.

O táxi demorou a passar. A mãe dizia que estava um calor de cortar o ar com a faca. E que o pó de arroz já escorria, ela sentia o gosto dele na boca. E pediu um lenço ao pai, que depois se afastou, indo quase para o meio da rua; assim que avistou um táxi, fez sinal, sacudindo o lenço. Não sei por que o pai precisa usar lenço pra isso... Entramos dentro do carro, e o pai deu o endereço. O motorista disse que a suspensão do carro tinha acabado de pifar. A mãe quis saltar, mas o pai ponderou que a clínica era relativamente perto.

— As coisas quebram, madame... — disse o motorista, tendo escutado o que a mãe falou.

— Então não sei? Estamos indo ver uma filha toda...

— Você reparou que belas amendoeiras há nesse trecho que estamos atravessando, Nancy?

— Me esquece, Heitor; acho melhor você conversar com a sua filha.

E assim chegamos aos portões da clínica, aos sacolejos. Lá dentro, o mesmo ritual se cumpriu. O pai foi conversar com o médico, e dessa vez demorou a voltar; certamente entravam em detalhes sobre Cristina, e o pai também devia estar comunicando que eles iam voltar para casa, mas que eu ficaria no Rio de Janeiro, porque, na saída, ele fez questão de me apresentar ao médico, que se aproximou e me estendeu um cartão, dizendo que, caso eu precisasse entrar em contato, ali estavam seus telefones. Em seguida, fomos ver Cristina. No percurso até o quarto em que ela estava, o pai comentou que o médico dissera que a encontraríamos dormindo. Tinha sido necessário aumentarem a dosagem da medicação porque estivera muito agitada, querendo fugir.

— Fugir? — a mãe perguntou, num início de descontrole.

O pai disse que o médico avisara que logo que os pacientes chegavam era muito difícil aceitarem a nova situação, mas aos poucos se adaptavam.

A mãe se calou. E eu achei que minha irmã não sairia dali tão cedo. Abrimos a porta com cuidado. Cristina dormia, largada na cama, de boca aberta, babando. A mãe teve uma crise de choro quando a viu e abraçou-se à minha irmã, que não reagiu ao contato físico. Depois ela se levantou, para que o pai também falasse com Cristina; sentando-se na beira da cama, ele beijou a testa dela e fez um carinho demorado no cabelo despenteado de Cris. Em seguida foi a minha vez; me sentei também como o pai e, aproximando meu rosto do dela, soprei dentro do seu ouvido que estávamos ali os três: o pai, a mãe e eu, torcendo por ela. E que a jabuticabeira que ela havia plantado no jardim lá de casa tinha crescido, estava quase da altura dela, as folhas verdinhas, verdinhas, ela precisava ver... Depois, me aproximei mais ainda e disse:

— Nós te amamos, Cris.

Durante o tempo em que estivemos no quarto, o pai e a mãe se revezaram na única cadeira disponível, e eu fiquei em pé, junto à janela, vendo minha irmã dormir no quarto de uma clínica no Rio de Janeiro. Cidade onde tivemos nossos sonhos mais bonitos.

Saímos sem ter visto Cristina acordada. Ao atravessar mos o jardim, rumo à escada, a mãe soluçava:

— Estão matando a nossa menina... — dizia enquanto descia os degraus.

Eu também chorava, e o pai, pigarreando forte, disse que haviam feito a pior ferida numa simples rosa.

10.

À noite, no quarto vazio, deitada na cama, pensava no que o pai tinha dito na volta da clínica a respeito da conversa com o médico. Que Cristina tivera uma crise psicótica. A mãe disse que não se lembrava de ter escutado isso; eu também não. Não sabíamos do que se tratava. O pai então disse que o médico explicara se tratar de uma desordem mental. Um colapso nervoso, algo caótico. Daí a movimentação desordenada, as ideias em sua confusão. A agitação irregular do espírito. À força de ouvir opiniões contrárias, os espíritos se atormentam na busca da verdade. Não havia como ordenar a agitação, a não ser detendo-a momentaneamente. No momento nada havia a fazer, senão medicá-la e deixá-la em observação, disse o médico. Apesar de ele ter parecido ao pai um sujeito precavido, precisava consultar seu dileto amigo, Roberval de Assis, com suas prescrições equilibradas.

— Vai passar? — perguntou a mãe.

— Quando? — eu quis saber.

Não havia como prever, dissera o médico. Esses quadros são imprevisíveis. A mãe comentou que sempre achara Cristina macambúzia, desde menina... E que agora tinha sido atacada por uma doença nervosa. Devia estar com o cérebro mole. A mãe e suas coisas... Nesse momento, escutei ruídos vindos do quarto da prima. Juvenal devia estar lá dentro. Que homem barulhento a prima tinha arranjado... Me deu vontade de ir ao banheiro; levantei na ponta do pés, abri a porta e, quando estava no meio do corredor, escutei:

— Melhor que a equilibrista da sombrinha!... É uma artista!

Era a voz dele. Saí correndo. Na volta, dormi chorando baixinho. No meio da noite acordei, e alguém cantava: "Adeus amor, eu vou partir..." Era a voz do domador. Estava indo embora, felizmente!

No dia seguinte, tomando café, descobri um bilhete da prima ao lado da cópia das chaves. Uma era a do apartamento e a outra, da portaria. No bilhete, além do bom-dia e de falar a respeito das chaves, ela dizia não ter um chaveiro para me emprestar, mas que era fácil encontrar, saíra para o trabalho e voltaria no final da tarde. Esperava que eu tivesse dormido bem; havia comida na geladeira. Deixava também o telefone do escritório. E avisava que a diarista, Wanderleia, devia aparecer para faxinar a casa e deixar pronta a comida da semana; se eu quisesse alguma coisa especial era só pedir a ela. E assinara: Gerusa.

O horário de visita na clínica era sempre o mesmo: das duas às quatro da tarde. Depois do café ia acabar de ler meu livro. Mais tarde comeria alguma coisa, em seguida sairia para conhecer as redondezas. Quem sabe encontraria uma livraria, ou alguém que me dissesse onde eu poderia encontrá-la. Não pensava em voltar à praia de Copacabana tão cedo, lembraria o incidente com Cristina e só me traria mais tristeza ver aquele mar todo sozinha.

Estava lavando a louça do café quando a porta da cozinha se abriu. Era a diarista. Enorme de gorda e cheia de veias estufadas nas pernas. Me cumprimentou, dizendo que eu devia ser a Tide. Balancei a cabeça, e ela, apontando as pernas, disse que tinha demorado porque passara no doutor, estava fazendo tratamento para as varizes. Pedindo licença, foi trocar de roupa no banheiro. Nesse momento, o telefone tocou. Fui atender, já que a prima não estava em casa.

— Tide do coração, a saudade já aperta demais...

— Fizeram boa viagem, mãe?

— Chegamos, né? Não gosto de estar pra lá e pra cá, você sabe; seu pai não se incomoda, porque é chegado numa novidade... Mas deixa eu te contar, Tide. Corremos lá na casa da tia madrinha pra buscar seu irmão, chegamos agorinha, e você nem imagina o que o danadinho fez... Encontramos tia madrinha na cama porque Mateusinho saiu na carreira e ela, com medo de perder o menino, foi no encalço dele. Acabou que os pulmões dela quase que param de bafejar! Mateusinho quase mata ela de sofreguidão. E está aqui, me azucrinando, querendo ver Cristina de tudo que é jeito...

— Ainda bem que vocês voltaram.

— Tinha mesmo que voltar, não só por causa dele, mas também por causa de tanto trabalho que me apareceu... Não vou poder dar conta de tudo sozinha... Mas e sua irmã, diz, já foi lá?

— Não, só na parte da tarde se pode ir. Mas vê se contrata logo essa ajudante, mãe, você não vai aguentar...

— Vou fazer isso mesmo. Bom, então, assim que você vir Cristina telefona cá pra casa.

— Ligo sim. Um beijo pra vocês. Diz pro Teteu que estou com saudades, mas logo vamos estar todos juntos de novo.

— Deus esteja na escuta, filha! Fica com ele. E lembrança aí pra prima.

— Ah, mãe, o nome dela é Gerusa.

— Era esse mesmo que eu me lembrava! E a danada nem pra soletrar. Mas também não soube o meu... — A mãe se despediu dando risada.

Depois de ter comido um pouco do arroz de forno que a prima tinha deixado na geladeira, fui me despedir da diarista, que estava com os pés dentro d'água no chão do banheiro. Pedi minha escova de dentes; ela disse que se eu quisesse podia secar tudo num instantinho. Mas eu disse que não precisava e escovei os dentes no tanque mesmo.

Lá embaixo, na rua, fui dar a volta no quarteirão. Descobrir o que havia por perto e também me informar sobre qual condução deveria tomar quando chegasse a hora de ver Cristina. No percurso havia um bar, um borracheiro e uma lojinha de doces, na qual entrei para pedir informação. Dei o nome da rua da clínica; uma das vendedoras disse que a parada não ficava longe e a apontou. Agradeci e saí dali andando em direção à rua onde passaria o ônibus que me levaria até Botafogo. No caminho, passeava distraída quando escutei:

— Oi, broto! Tudo joia?

Era um moço que passava por mim, me olhando de cima a baixo. Como não respondi, ele seguiu andando.

Já na parada, onde havia poucas pessoas, um carro estacionou à minha frente, uma porta se abriu, e o motorista, outro moço, se abaixando para me ver, disse:

— Você é um estouro, garota... Quer uma carona?

Recuei alguns passos, o que me fez desviar da frente dele. Que moços esses cariocas, como mexem com a gente... Lá onde eu moro não acontecem essas coisas...

Subi correndo os degraus da clínica, porque passava um pouco das duas. No dia seguinte, teria que sair mais cedo.

Encontrei Cristina dormindo de novo. Beijei-a, me ajeitei a seu lado na cama, deitando na ponta do seu travesseiro, como fazíamos lá em casa, e comecei a falar. Sempre tinha o que contar. E hoje tinha mesmo!

— Cris, você nem pode imaginar como os cariocas mexem com a gente... Na nossa terra não acontecem essas coisas, né? Imagina... Davam uma corrida neles, sabe como eles são... E se mexeram comigo desse jeito, imagina com você, que é mil vezes mais bonita do que eu... Já pensou?

Uma enfermeira abriu a porta e perguntou se a paciente tinha acordado. Disse que não. Me olhou com olhos fixos por instantes, depois foi embora. Não posso conversar com a minha irmã? Continuei:

— Cris, o Rio de Janeiro é lindo, mas dá medo, sabe; é muito diferente do que a gente está acostumada. Todo mundo lá se conhece, aqui tem gente pra todo lado e nem se sabe quem são essas pessoas que passam e não olham direito. Todo mundo parece que tem pressa, e ainda tem esses moços que ficam atrás da gente dizendo bobagem, mas acho que você vai gostar... Ah, Cris, deixa eu te contar uma coisa. Estou acabando de ler um livro e marquei uma passagem para ler pra você. É muito bonita:

"Mas um mínimo de consciência fazia com que ela soubesse que daí a um momento teria enfim força de se libertar de seu pesadelo e de se libertar de sua má alegria na escuridão. Daí a um instante teria enfim força para sair daquele estado onde perigosamente caíra como quem cai num buraco enquanto procura um caminho. Tão longe que se chamasse de pesadelo. Pois tinha que ser um pesadelo estar sozinha com aquele sentimento..."

Interrompi a leitura porque Cristina havia se mexido.

— Olha eu aqui, Cris! — disse.

A enfermeira voltou a abrir a porta para avisar que terminara a hora da visita. Disse que ia me despedir de minha irmã. A moça saiu. Dei vários beijos na bochecha de Cris, dizendo que no dia seguinte traria fivelas para o seu cabelo; andava muito despenteado.

Peguei o ônibus de volta. Ao chegar em casa, fui direto ao banheiro — o ônibus sacoleja muito, estava apertada — depois voltei à sala para telefonar, a mãe havia pedido para dar notícias. De repente, escutei a porta da frente se abrindo e o Juvenal entrar, sem a prima. Também tinha a chave de casa?

— Oi, leãozinho! — disse assim que me viu.

Leãozinho!? Cumprimentei-o.

— E aí, acordou ontem à noite com os barulhos? — Fazia alusão à barulheira que fizeram de madrugada no quarto.

— Não — respondi secamente, evitando conversa.

— Estou ensinando à sua prima um número de circo... Sabe que ela é boa? Muito boa. Tá a fim de aprender? Mulher quando entra pro circo não quer saber de outra vida...

Sujeitinho mais à toa... Pedi licença e saí da sala, dizendo que ia telefonar pra casa.

— Tide, menina, estou dando volta neste aparelho faz tempo... Não queria ligar com medo de não encontrar você. Por que demorou desse jeito, gente?

— Cheguei há pouco de lá, mãe, mas não tem novidade. Cristina continua igual. Dormindo o tempo todo.

Não ia dizer que ela tinha se mexido senão a mãe já ia imaginar um monte de coisas...

— Olha, seu irmão tá aqui querendo falar com você e com a Cris... Ele queria escrever uma cartinha, mas diz que não achou as letras...

— Oi, Tide! Vem embora daí, traz a Cris.

— Oi, Teteuzinho! Você tá bom? Tem brincado muito? A Tide e a Cris estão morrendo de saudades de você...

— Tô. Vou desligar.

— Pronto. Ele não gosta de falar, você sabe. Mas está tudo bem, filha? Tem alguém aperreando você?

A mãe sempre foi meio adivinha.

— Está tudo bem, mãe. Agora vou sair pra comprar umas fivelas para o cabelo da Cris.

— Fica com Deus, filha. E não dá conversa a estranho, hein? Vê lá!

— Pode deixar. Um beijo. Dá um beijo no pai também. Estou com saudades.

— E nós já morremos. Tchau.

Desci e me afastei do edifício, indo pra bem longe. Só voltaria quando tivesse certeza de que a prima estaria em casa. Não queria ficar sozinha com aquele sujeito. Abjeto. Outro dia tinha visto essa palavra muito bem empregada. Acho que também fiz bom uso dela. Encaixava direitinho na figura dele.

O bairro da Tijuca não é bonito; acho que a beleza do Rio devem ser mesmo as praias, o Pão de Açúcar e o Corcovado; e ainda tem a Barra, que nem de longe eu avistara. Estava com fome; entrei numa lanchonete onde havia bancos altos. Me sentei num deles e pedi um sanduíche e uma Coca-Cola. Enquanto esperava, senti alguém sentar-se a meu lado. Um dos moços do Rio de Janeiro, com certeza.

— Oi!

Era um deles.

— Tudo bem?

Não respondi.

— Sabe que você é muito bonita?

Não agradeci.

— Como é o seu nome?

Continuei muda.

— Fala português?

Insistente... Escutei então a voz dele se dirigindo à garçonete. Ainda bem que desistiu.

— Um copo com gelo.

— Só com gelo? — perguntou a moça.

— É — respondeu o carioca.

Ela estranhou o pedido, mas entregou a ele um copo cheio de gelo. Percebi em seguida que ele se levantou, e, afastando o banco, entornou todo o gelo que estava no copo no chão (vi com o canto do olho); pisoteou-o e, virando-se para mim, disse:

— Pronto, quebrei o gelo!

Ri.

Carlos, como logo vim a saber, também fazia cursinho, mas queria ser advogado. Iria ganhar todas as causas, certamente!

11.

Naquela tarde mesmo fiz o primeiro passeio com Carlos. Ele me levou a uma loja para que eu comprasse as fivelas da Cris. E ainda me ajudou a escolhê-las. Lindas! E fez questão de presentear minha irmã. Depois, me acompanhou até em casa. No caminho, fui contando o que se passava com ela; volta e meia ele enxugava minhas lágrimas, ouvindo tudo em silêncio, interessado. Quando chegamos em frente ao edifício, trocamos telefones, e ele então disse que o primeiro de nós a ligar podia escolher o presente que gostaria de receber e piscou o olho pra mim. Nunca ninguém piscara daquele jeito... Ao se despedir, me beijou o rosto, fazendo carinho no meu cabelo.

Flutuei escada acima e continuei flutuando até entrar em casa. O telefone tocava. Ouvi a voz da prima vinda do banheiro pedindo que eu o atendesse.

— Ganhei! — Era o Carlos, todo alegre do outro lado da linha. — Já que fui o vencedor, meu presente já está escolhido. Um beijo!

Saí do telefone zonzinha e dei de cara com Juvenal, de sunga, peito de fora, me dando bom-dia. Dizia que tinha dormido até aquela hora.

— Circo cansa! E ainda tem outro espetáculo!

A prima cantarolou no banheiro:

— *Please, honey, come on... May you help me!*

Juvenal disse que a prima estava louca para ensaiar. Não queria mais sair do picadeiro. Entrou no banheiro dando risada e bateu a porta atrás dele.

E eu fui me estatelar na cama, sonhar com o dia seguinte. Que vontade de contar pra Cristina o que estava acontecendo comigo!

Foi o que fiz durante a visita, mas dessa vez Cristina não se moveu. Contei tudo, desde o início. No final, aflita com a sua imobilidade, sacudi minha irmã, mas ela não reagiu. Quanta tristeza... Depois de penteá-la e de deixar seu cabelo enfeitado com as fivelas coloridas, beijei-a, me despedindo, e, me aproximando do seu ouvido, pedi desculpas por tê-la sacudido. No corredor, encontrei outra enfermeira; aproveitei para perguntar quando iriam diminuir a medicação de Cristina. Queria tanto encontrá-la acordada! A moça disse que aguardavam ordens médicas, mas achava que no dia seguinte, pela manhã, boa parte devia ser retirada. Agradeci e saí depressa. Carlos devia estar no portão da clínica me esperando.

Mal acabei de descer os degraus da escada de entrada vi o perfil dele. Ali estava o meu novo sonho. E que bonito era: claro, alto, cabelo grande e encaracolado, peito em formato de triângulo... Que belo carioca eu tinha arranjado! Assim que ficamos frente a frente, seu corpo veio de encontro ao meu, e, espremida contra a parede de pedra, Carlos me levou toda para ele. Eu já tinha ganhado outros beijos, mas nenhum como aquele! Molinha em seus braços, perguntei se podíamos ir ao Cristo Redentor. Apesar de não ser católica (que a mãe não me escutasse), queria os braços do Cristo abertos sobre nós. Nesse momento, ele perguntou se eu tinha apelido. Disse que em casa me chamavam de Tide. Pediu para me chamar assim também, perguntando se eu gostava. Imagina...

Guiados pelo coração, fomos em direção à estação do Corcovado, no Cosme Velho, para pegar o bondinho. Carlos dizia que ele levava 20 minutos para atravessar a floresta e chegar ao topo. Que o Corcovado tinha 38 metros de altura, o peso ele não se lembrava, mas devia ser mais de mil toneladas... Mais ou menos quanto pesava seu coração, disse, sorrindo pra mim; sorri de volta.

— Sabe por que se chama Corcovado? — perguntou.

Não tinha a menor ideia. Carlos disse que era por causa do formato, que lembrava uma corcunda. Nunca havia pensado nisso... E que, quando chegássemos lá, teríamos que subir muitos degraus. Perguntou se eu aguentaria. Claro, disse. Mas são muitos mesmo, ele dizia, me olhando. Imagina se a seu lado eu ia desistir de alguma coisa...

Adorei o passeio de bondinho! Nunca tinha passado dentro de uma floresta; depois de saltarmos e de subirmos todos os degraus, onde cruzamos com várias pessoas subindo devagar, chegamos ao alto. Entusiasmado, ele me mostrava a vista:

— Olha lá o Pão de Açúcar! — apontava. — E lá a praia de Copacabana, do outro lado a Lagoa Rodrigo de Freitas...

— Copacabana... — eu disse, e meu pensamento escapuliu para aquele dia com Cristina...

— Já foi a Copacabana? — perguntou.

— Foi o único lugar que eu fui. Minha irmã e eu. Depois conto o que aconteceu.

Carlos me beijou e continuou apontando:

— A praia de Ipanema, do Leblon, lá é o Hipódromo da Gávea, e do outro lado, vira — ele disse, e virou meu corpo, mostrando a Enseada de Botafogo.

— Quanto barquinho... — eu disse, e ele, sorrindo, disse que muitos não eram barquinhos; havia lanchas e iates também. E continuou a me apresentar a cidade:

— O Aterro do Flamengo, o Maracanã... Quer ir ao Maracanã? Gosta de futebol?

— Gosto, quero, claro — menti.

Não gostava de futebol, mas queria ir com ele para onde fosse, porque na verdade ele estava me apresentando ao amor... ao meu primeiro amor!

— Pessoas famosas já visitaram o Corcovado: O papa (não lembro qual deles), Einstein... Como é o seu sobrenome? — perguntou, de repente.

— Moreira.

— E Matilde Moreira! — disse, me abraçando e me beijando.

As asas do Cristo brilhavam sobre nós. Vendo o Rio de Janeiro do alto, concordei com o que sempre disseram: é uma cidade maravilhosa! Maravilhosa!

Depois, Carlos e eu passeamos por ali abraçados, sorrindo o mesmo sorriso, dizendo segredos um ao outro, encantados. Parecíamos periquitos australianos (meu pai contara sobre eles) que passam o dia se beijando e não podem ser separados. Aquilo estava acontecendo comigo?... Ele era o meu próprio sonho realizado.

Ao chegar de volta em casa, encontrei um bilhete da prima dizendo que a mãe ligara duas vezes. Fui telefonar para ela.

— O que aconteceu com você?

— Nada, mãe.

— Nada, Tide? Então você some e não aconteceu nada? Já fiz até promessa...

— Saí da clínica e fui dar um passeio, conhecer o Cristo.

Achei que falando o nome de Cristo ela se acalmaria.

— E quem levou você lá?

— Fui perguntando, né? Não preciso que ninguém me leve, já estou bem grandinha.

— Você está saída, hein, Tide? Foi só botar os pés aí no Rio de Janeiro... A dona Conceição, lembra dela?, contou que uma moça aí foi traficada pra Índia... Está me ouvindo, Tide?

— Estou, mãe.

— E você ainda não deu nenhuma palavra sobre sua irmã...

— Está do mesmo jeito. Parece que amanhã de manhã vão tirar metade dos remédios.

— Já soube, o pai conversou com o doutor. Andou conversando com o amigo dele também, o Roberval, que disse que agora não é mais médico e receitou remédio tirado do vegetal; disse que é preciso tirar força da natureza. Depois você conversa melhor com seu pai.

— Está bem, mãe. Sabe se o pai foi lá no cursinho?

— Não falou nada não.

— Mãe, agora vou deitar que estou com sono.

— Juízo, hein, Tide! Estamos entendidas, né?

— Tá, mãe. Um beijo.

Deitei e não conseguia dormir de felicidade. Irradiava alegria. O amor também tira o sono, era o que eu descobria, rolando na cama. De repente, comecei a ouvir vozes altas, tapei os ouvidos, mas, mesmo assim, escutava. Abri a porta do quarto com a certeza de que elas vinham do quarto da prima. Como são escandalosos!

— *Sit!* — dizia Juvenal.

— *Where? Where?* — perguntava ela.

Que circo. De novo os gritinhos da prima. A cena não acabaria tão cedo. Corri até o banheiro à cata de algodão. Levei dois chumaços para dentro do quarto, enfiei-os nos ouvidos e abri meu livro. Estava quase terminando. No dia seguinte, ia pedir ao Carlos que me levasse a uma livraria. Fechei o livro e os olhos e voltei a pensar nele, em nós dois. Só ia vê-lo no dia seguinte. Como o tempo é longo às vezes!

Acordei e felizmente a casa estava vazia. Ou eles dormiam ou já tinham saído. Tomei café, banho e telefonei para o Carlos. Deve ter sido a mãe dele ou a avó que atendeu; custou a entender meu nome. Ouvi a voz do Carlos gritando que era pra ele e depois sua voz ao telefone. Dizia que era sua bisavó (bisavó?), que estava quase surda, e que ele custara a dormir de saudades minhas. Ficou de me encontrar de novo na saída da clínica.

Saí e fui passear lá embaixo, fazer hora para ir ver Cristina. Comi alguma coisa no caminho e, calculando o trajeto, fiquei de olho no relógio até pegar o ônibus. Lotado.

Entrei na clínica depressa para evitar os doentes que rondavam por ali; sempre se aproximavam para perguntar as horas ou pedir cigarro. Naquela tarde não encontrei nenhum deles. Subi os degraus da escada em direção ao segundo andar, onde ficava o quarto de Cristina, e comecei a ouvir gritos. Era comum escutar gritos na clínica, às vezes longe, outras nem tanto. Daquela vez só podiam vir do segundo andar porque à medida que eu subia os degraus eles aumentavam. Assim que cheguei ao corredor, vi um entra e sai de enfermeiros no quarto de minha irmã; entrei também e Cristina estava fora da cama, correndo dentro do quarto, aos gritos, desatinada. Não queria que ninguém se aproximasse.

— Cris! — chamei.

— Sai! Vai embora! — gritou comigo também.

— Sou eu, Cris...

— Sai! Sai! — tornou a gritar.

Estremeci na porta, sem saber o que fazer. Assombrada com o que via.

— Cris! — disse, começando a chorar. — Sou eu, sua irmã... Eu te amo, Cris!

Entregue a seu desespero, ela voltou a gritar para que eu saísse. Procurava minha irmã nela e não a encontrava. Uma das enfermeiras pediu que eu esperasse lá fora. Esperar o quê? Saí e me colei na parede do quarto dela do lado de fora, escutando a luta que se travava ali dentro, quando, finalmente, depois de nem sei quanto tempo, uma das enfermeiras avisou que eu podia entrar. Encontrei minha irmã caída na cama, com um dos braços pendente, no qual havia um band-aid, assinalando a injeção que acabara de ser dada. Súbito, foi como se o tempo tivesse parado.

— Por que fizeram isso? Ela já não está aqui dentro? — gritei também.

A enfermeira arregalou os olhos, dizendo — enquanto ajeitava minha irmã — que na agitação que a paciente se encontrava não tiveram outro meio de fazê-la sossegar. (Alguém saberia dizer o que estava acontecendo? Que fim tinha levado a minha irmã? Por que não a devolvem?)

Vagava pelo quarto, com as lágrimas escorrendo e as pernas trêmulas. Nesse momento, lembrei da carta que Cristina tinha escrito para a mãe e que eu levara para entregar ao médico. As enfermeiras saíam quando eu disse, alto:

— Esperem! — falei, alterada. — Sabem por que minha irmã está assim? Hein? Sabem por que ela está assim? Porque ninguém fica assim à toa! Ela está com um segredo, um não, muitos segredos dentro dela, que ninguém consegue alcançar... Que todos desconhecem... Ela não é feita só de gritos, mas também de muitos sonhos...

As moças, com a ausência de expressão de sempre, se imobilizaram no lugar em que estavam. Tirei a carta do bolso e, com as mãos totalmente trêmulas, disse que aquela que ali estava havia escrito. Ela mesma. Comecei a ler, descontrolada:

"Minha inesquecível mãe. Ao escrever esta carta, sinto uma alegria diferente (o papel tremia em minhas mãos), tenho a alma em festa. Sabe por quê? Porque hoje é o Dia das Mães, o seu dia, a data das heroínas do amor puro. Como filha reconhecida, quero repetir o que ouvi outro dia: Tudo o que sou e tudo o que espero ser na vida devo a minha mãe! (As lágrimas entravam na minha boca.) Peço a Deus que a conserve por muitos anos. Com todo o nosso amor, meu e dos meus irmãos, Cristina." Em prantos, sem conseguir enxergar direito, dei a carta a uma delas, pedindo que a entregasse ao médico para que ele conhecesse quem estava tratando. A enfermeira me ofereceu um lenço de papel, e as duas saíram mudas. Fiquei sozinha no quarto. Deitei na cama de Cristina e me abracei a ela, ouvindo sua respiração, chorando em seu travesseiro, num só calor. Depois, levantei e saí do quarto. Tonta e trêmula, desci as escadas, me apoiando no corrimão. E assim me abracei ao Carlos — em escombros

12.

Continuamos ali, imóveis, recostados no muro, sentindo o calor um do outro. Carlos enxugava minhas lágrimas, dizendo que me levaria aonde eu quisesse. A tarde daquele dia seria toda minha, assim como ele, disse, beijando minha cabeça. Afundei o rosto em seu peito e fiquei em silêncio, trêmula ainda. Aos poucos, fomos nos movimentando devagar, ainda abraçados, e Carlos perguntou se eu queria contar o que tinha acontecido na clínica. Respondi que sim, e ele então disse que escolheria um lugar onde pudéssemos nos sentar e conversar à vontade. Fomos parar num barzinho da avenida Atlântica. Não gostei de rever aquela cena: a curva da praia, o mar se atropelando em ondas, as vozes que me trazia o vento...

Nos sentamos, e, percebendo o meu incômodo, ele perguntou se eu não estava gostando do lugar que escolhera. Disse que estava me lembrando do primeiro momento na praia de Copacabana, onde acontecera tudo aquilo com Cristina, e não parara mais de acontecer.

Carlos então perguntou como tinha sido a minha chegada ao Rio, porque, pelo visto, eu tivera uma péssima apresentação da cidade, além de ir contra o meu sonho e o de minha irmã, pelo pouco que eu havia contado. O garçom se aproximou de nossa mesa e ele pediu que nos trouxesse refrigerantes, indagando nesse momento se eu queria comer alguma coisa. Agradeci, mas disse que tinha almoçado antes de sair e estava meio enjoada. E comecei a contar, desde a manhã da nossa chegada: a ida à praia com Cristina, o desaparecimento dela, a nossa aflição, a minha e a dos meus pais, e a chegada alvoroçada de minha irmã. Depois, contei em detalhes a internação, chegando finalmente àquele tenebroso dia. Fiz todo o relato entremeado de choro, e Carlos me fez poucas perguntas e muito carinho. As luzes começaram a se acender, e ele perguntou se não seria bom dividirmos uma pizza.

Uma vez já tinha comido a dali e era muito boa, disse ele. Aceitei, até porque estava enjoada de tomar refrigerante. Acho que tomamos umas três Coca-Colas. Carlos então propôs tomarmos um chope para acompanhar a pizza. Se eu toparia. Disse que nunca havia bebido, que na nossa família não se bebia, a não ser o pai, que, de vez em quando, tomava um cálice de vinho do Porto. Isso tudo porque a mãe tivera um tio cujo fígado virara um mingau, ela contava. Carlos, sorrindo, pediu dois chopes. Depois de comermos e bebermos, e eu me sentir meio tonta, porque na verdade acabei tomando dois chopes para acompanhá-lo, ele perguntou se eu queria dar uma volta na praia.

— Na areia? — perguntei.

— É, Tide — disse ele.

Comentei que estava escuro e que eu não via ninguém; a praia estava deserta.

— Maravilha! Assim será só nossa — disse, e me abraçou.

Tiramos os sapatos e pulamos na areia. Caminhamos perto do mar, pisando em espuma, escutando o barulho das ondas, quando ele me convidou para sentar e admirar o movimento infinito do mar. Tinha dias que ele ficava durante horas olhando o mar, contou. Eu disse que ia me sujar, e ele respondeu que ele também; o que tinha?, perguntou. Não soube o que responder. Então me sentei na areia, Carlos sentou-se atrás de mim, me enlaçando, e, apontando, sussurrou no meu ouvido que as ondas se formavam lá longe no horizonte, se eu conseguia vê-las; e eu só via a cara da noite, a grande escuridão que nos rodeava. Ele continuou, dizendo que o mar se conecta com o oceano; então me perguntou se eu sabia por que a água é salgada. Não tinha a menor ideia. Durante milhões de anos, dizia, enquanto me beijava o pescoço, a chuva formara cursos de água que foram dissolvendo lentamente as rochas, nas quais o sal é encontrado, e esses cursos d'água, senti sua mão abrindo vagarosamente os botões da minha blusa, desembocam no mar. Todos os rios correm para o mar, você sabe, disse ele, acarinhando meus seios, e assim o mar ficou salgado. Além de tonta, eu estava confusa, atordoada; tentei levantar, mas ele me prendia em seus braços, e os beijos continuavam; quando eu senti sua mão dentro da minha calcinha, pedi que ele parasse com o que estava fazendo, mas, nesse instante, ele disse dentro do meu ouvido:

— Olha lá a ilha do Farol! — e, tirando a minha calcinha, pediu que eu me virasse de frente e me fez montar nele, me penetrando, e as ondas explodiram furiosas. Gritei, ele arfava, dizendo que eu não estava vendo a ilha do Pai e da Mãe, mas depois ia me mostrar e, me erguendo pela cintura, me movimentava, dizendo vamos, vamos, vamos! E assim ficamos, naquele vaivém turbulento, até meu corpo começar a se debater sob o longo céu estrelado; Carlos soltou um urro e tombou nas minhas costas, dizendo, com a voz arrastada, que só veríamos as ilhas Cagarras lá de Ipanema! Não sabia mais sobre o que ele falava. Em seguida, ele pediu que eu me levantasse rápido, porque vinha chegando gente. Foi o que fiz, com dificuldade, zonza, vencida, catando minha calcinha, abotoando a blusa; vi que ele também se ajeitava. Fomos em direção à calçada, atravessamos a rua sujos de areia, nos espanando, e caminhamos até a parada de ônibus; no trajeto, ele comentava que não sabia por que eu não contara que era virgem.

— Por quê? — perguntava.

Será que tinha ficado chateado? Então o estranhei, mas era tarde demais, algo essencial acontecera entre nós. As estrelas eram testemunhas.

— Se perdeu na praia? — disse a prima, em trajes menores, como diz a mãe, de calcinha e sutiã, assim que me viu.

Quase disse que sim, e pensei em me abrir com ela. Mas achei que não seria a pessoa indicada. A única pessoa a quem eu queria contar, se pudesse, seria para Cristina, minha irmã, confidente e amiga. Sorri e fui direto para o banheiro, entrar no chuveiro, com vontade de chorar. Antes, no espelho, vi o rosto afogueado de uma mulher que tinha acabado de nascer na praia de Copacabana... O jato do chuveiro castigou meu corpo.

Ainda bem que a mãe não ligara; eu ainda estava confusa, com as imagens soltas, dispersa com os acontecimentos. Não só com o que tinha assistido na clínica, mas também com o que se passara entre nós dois. Um turbilhão de acontecimentos num único dia. Deitei, pensando que nem chegara a falar em livraria; era o que eu pediria para fazermos no dia seguinte, depois de ir ver Cristina.

Acordei e tornei a não encontrar o casal. Depois do café, me sentei no sofá da sala e fiquei pensando. Havia muito o que pensar e em quem pensar. Escutei o telefone tocar, me levantei para atender, certa de que era o Carlos, mas era engano. Será que ele não queria mais saber de mim? Só porque eu não dissera que era virgem? As flores que a prima havia posto no vaso estavam murchas, desmilinguidas. O telefone voltou a tocar e dessa vez era ele, dizendo que ia fazer umas coisas para Bibi (devia ser a bisavó), depois me encontraria no portão da clínica. Esperava que minha irmã estivesse mais calma. Eu também, disse, e nos despedimos.

Entrei na clínica e subi correndo, como sempre. Ao chegar no segundo andar, encontrei a porta do quarto de Cristina aberta e a cama vazia.

— Onde está minha irmã? — quase gritei.

Uma enfermeira se aproximava.

— Foi transferida para o pavilhão de cima.

— Onde?? — perguntei, desesperada.

— Na casa lá do alto.

Dei as costas e desci correndo, atravessei o jardim desabalada, se era possível assim se chamar aquele lugar, subindo todos os degraus que encontrava pela frente, com os doentes me rondando, até alcançar o tal pavilhão. Entrei esbaforida, dando o nome de Cristina à primeira pessoa de branco que surgiu à minha frente. Ele me perguntou se eu era parente dela.

— É minha irmã! — disse, quase gritando.

— Aguarde um pouquinho — disse e desapareceu.

Eu estava desesperada, com vontade de gritar igual a Cristina. Talvez fosse bom, porque assim nos deixariam juntas. Como sempre estivemos. O moço voltou a aparecer, dizendo que ela estava em tratamento. Se eu podia voltar no dia seguinte.

— Não posso esperar acabar? — perguntei.

— Vai demorar, é melhor que você volte amanhã.

— Onde está o médico de minha irmã?

— Está cuidando dela — ele disse, pedindo licença e se afastando.

Desci a escadaria outra vez, em prantos, esperando que o pai tivesse conversado com o médico e me desse notícias. Soquei o peito do Carlos quando o encontrei lá embaixo.

— Tá brava, Tide?

— Estou, mas não é com você — respondi.

E saímos andando de mãos dadas. No percurso, contei que não tinha visto Cristina, não sabia o que estavam fazendo com ela, e entrei em detalhes sobre o que tinha acontecido. Ao fazer uma pausa, Carlos disse que não havia por que eu me preocupar, minha irmã estava sendo cuidada pelo médico, portanto, nada havia a temer, além disso, eu voltaria lá no dia seguinte e certamente iria vê-la. Depois do que ele disse, me senti mais calma, mas, antes que eu falasse em livraria, Carlos quis que eu conhecesse sua casa e Bibi, sua bisavó; sairíamos depois para passear. Bibi não era muito velha, dizia ele, porque tanto sua mãe como sua avó tiveram filhos cedo. Mas agora só restava ela, e uns primos que moravam em São Paulo, que ele nunca via. Mas que eu não me assustasse, porque além de surda, ela mal enxergava.

— É uma pena que ela não possa ver como você é linda, Tide! — disse e me beijou.

Seguimos em direção à sua casa.

Ao entrarmos na rua, ouvimos um som altíssimo. Bibi escutava ópera. Adora, disse Carlos, apesar de os vizinhos reclamarem e ameaçarem chamar a polícia. Assim que entramos no apartamento, excessivamente mobiliado, onde uma grande mesa ocupava o centro da pequena sala, ele foi desligar o aparelho. Bibi apareceu em seguida, gesticulando sem voz, visivelmente contrariada. Carlos, dizendo que estava com visita, me apresentou. Ela, sorrindo sua boca vazia de dentes, perguntou:

— Sabe onde foi parar a minha vida?

E desapareceu. Carlos disse que eu não ligasse, Bibi perguntava e no mesmo instante esquecia. Em seguida disse que ia buscar um copo d'água na cozinha, se eu também queria. Agradeci, mas não estava com sede. Bibi tinha voltado e estava parada num dos cantos da sala, abraçadinha a ela mesma. Me distraí com a sua figura baixinha, com uns fios de bigode, calçando pantufas e envolta num xale preto, quando ouvi a voz do Carlos pedindo que eu tirasse a roupa. Ele faria o mesmo. Gostava de ficar à vontade em casa, esperava que eu também me sentisse confortável. E se despiu num instante. Eu sentia as coisas se atropelando.

— Sua bisavó está aqui na sala, vou conversar um pouco com ela...

— Ela não conversa, Tide. Diz uma coisa, depois sai, volta, diz outra e torna a sair. É assim o tempo todo. Além do mais, não enxerga e está surda...

— Eu não vou me sentir bem sem roupa na frente dela...

Começando a me despir devagarinho, ele disse que Bibi não nos incomodaria. Ela já tinha desaparecido. Suas mãos deslizavam pelo meu corpo, e ele o cheirava e beijava; quando eu me encontrava inteiramente nua, disse que eu parecia uma deusa. Diana, a caçadora. E perguntou se eu sabia que ela havia transformado o caçador em cervo, que era o mesmo que veado, eu devia saber, e ele esperava que eu não fizesse o mesmo com ele, e, sorrindo, me puxou pela mão, sentando-se numa poltrona, e me fez sentar sobre suas pernas, de frente para ele, como havia feito na praia. Nesse instante, sua bisavó voltou a aparecer em direção à cozinha, e eu disse que ela enxergava, porque não esbarrara em nada; com um dos meus seios na boca, Carlos disse que ela estava acostumada. Bibi passou com um copo na mão, de volta para o quarto; tive a impressão de que ela nos espiava, disse, mas ele, resvalando para dentro de mim, disse que ela só via vultos.

— Então está nos vendo! — falei, mas Carlos já começava a nos movimentar, dizendo: — relaxa! — E logo acelerava, bufando, apertando minha cintura com as mãos, e nossos corpos colados trepidavam sôfregos e ritmados, quando, de repente, ele iniciou uma série de gritos, acompanhados dos de sua bisavó, de dentro do quarto; e um dueto de gritos invadiu a tarde.

13.

Cheguei e o telefone tocava. Onde estaria a prima que eu nunca mais tinha visto? Quando atendi, desligaram. Liguei para casa.

— Pai! Ainda bem que foi o senhor quem atendeu. Hoje fui à clínica e Cristina não estava no quarto. Disseram que ela tinha ido pro pavilhão. Você está sabendo disso? Que pavilhão é esse? O que estão fazendo com ela lá? Você falou com o médico?

— Sim, minha filha. E ele foi gentilíssimo, confesso que em poucos vi tanta delicadeza numa simples chamada telefônica. Depois de consultar outros colegas, e certamente se debruçar sobre compêndios, achou por bem iniciar uma série de eletrochoques... Antes, contudo, quer me parecer que uma médica tentou diversas vezes conversar com sua irmã, fracassando em todas as tentativas; Cristina nem sequer emitiu uma sílaba. Sabe quando ela não está disposta... No entanto, a médica disse que sua irmã era inabordável...

— Choque, pai, choque!?

— Pequeninos choques, ínfimos, breves, para que Cristina retorne à calmaria e a nossa plácida convivência. Parece que a resposta tem sido favorável. Ele formulou conjecturas auspiciosas a respeito. Breve você vai vê-la e notará a diferença. Sua irmã não há de ficar um espectro corpóreo falso, não pensemos nessa linha. E não se esqueça que, assim como você, Cristina é um Moreira, forças não lhe faltam para enfrentar os embates da vida, os momentos adversos, que o viver os tem a granel...

— Vou desligar, pai.

— Está chorando, Matilde? Ora, minha filha, não se deixe abater... tudo está sendo feito para o bem-estar de Cristina, dentro de uma conduta irretocável, com parcimônia, firmeza e tato. Não esmoreçamos. Além disso, tenho mantido contato com meu distinguido amigo Roberval, que, embora tenha abandonado a medicina para uma linhagem mais prosaica, sua mãe deve ter lhe adiantado, tem dado boas sugestões para tempos vindouros. Disse-me ele algo interessante: que a loucura é a natureza perdida.

— Tá, pai. Vou desligar. Boa-noite.

— Boa-noite, minha querida.

Saí do telefone com o estômago embrulhado e corri para o banheiro. Acho que vomitei todas as refeições que fiz no Rio de Janeiro. Fui me deitar pálida e fraca. Será que o pai não se dá conta do que está acontecendo? Da violência que estão fazendo contra Cristina? Que não é assim que se trata as pessoas?... Minha irmã está guardada por monstros.

Dormi e acordei com o vozerio dos dois; tinham chegado. Abri a porta e ele gritava o de sempre:

— *Sit! Sit!* Vamos, ouça seu patrão, *sit!*

Depois a voz da prima:

— Ai! Ai!...

Voltei para a cama e tapei o ouvido com o travesseiro.

Uma mulher gigante, de saia comprida, cabelos longos vermelhos, botas e dois chicotes na mão pairava no alto da clínica onde ficava o pavilhão. Eu também estava lá, na parte de baixo, mas imóvel, porque era uma pilastra. E a gigante gritava *sit!*, e os chicotes estalavam sobre os doentes, que corriam, choravam e se debatiam; alguns se transformavam em bolinhas de gude e saíam rolando. O pai e a mãe apareceram rolando também. Mateus queria um chicote daqueles, e o pai tentou segurá-lo, mas ficou com o braço de Mateus na mão, e ele puxava a barba da gigante que se tornara um jardim, e ela soprou ele de lá, e Mateus se transformou numa pluma que esvoaçava de um canto a outro. E a gigante não parava de gritar *sit!*, *sit!*, e de sua boca enorme cuspiu uma enfermeira, que deu saltos acrobáticos, com uma injeção na mão, atrás dos que fugiam; outros tremiam depois de levar a picada e caíam no chão quicando. A gigante, lançando mão dos chicotes, repentinamente começou a tremer e a desmontar, cada parte do corpo se desintegrando num local diferente, e Mateus passou à frente de dois anõezinhos, dizendo que queria a cabeça da gigante, e, nesse instante, Cristina apareceu descalça, correndo, de camisola branca, roubando a cabeça das mãos de Mateus, e ele a puxava da mão dela, e a cabeça sangrava... Sentei na cama, suando, aflita, e levantei para ir beber água. A casa estava em completo silêncio.

No dia seguinte, ao acordar, liguei para o Carlos para contar sobre a conversa com o pai e aproveitei para contar também o pesadelo. No final, ele disse que à tarde me daria muito amor. E perguntou pelos livros que eu queria comprar. Só consegui me lembrar de dois deles, mas disse que quando chegasse à livraria encontraria os outros.

De nada adiantou ter voltado de novo à clínica. Mofei não sei quanto tempo numa sala mínima de espera no pavilhão, para no final dizerem o mesmo, que a paciente estava em tratamento (tratamento...), mas achavam que no dia seguinte eu poderia vê-la. Desci e fiquei fazendo hora para me encontrar com Carlos, sentada naquele lugar onde um dia houvera um jardim; e os doentes volta e meia perturbando. Todos aqueles sonâmbulos haviam passado pelo tratamento de choque? Era isso o que pretendiam fazer à minha irmã? Torná-la um fantasma? Cristina escorregava num precipício sem ter onde se segurar. E o enjoo já estava voltando quando me esforcei para afugentar o pensamento; lembraria ao Carlos não somente para irmos à livraria, como também queria conhecer o Pão de Açúcar. Ele havia me contado que tinha um amigo que morava do outro lado do Pão de Açúcar e que a janela da casa dele dava para o morro da Urca. Que era a vista mais bonita do Rio, porque era animada, não só pelos bondinhos, como por todos os barcos imagináveis; havia também as regatas, dos quais alguns participavam, sem contar os pesqueiros, que todo final de tarde lançavam a rede no mar... Esse era o Rio bonito, o do cartão-postal, e não o Rio submerso que se vivia na clínica!

Quando estava quase chegando a hora do Carlos vir me buscar, um dos médicos ficou passeando na minha frente, me olhando. A paciente dele devia estar entregue às enfermeiras, para em fração de segundo ser posta fora do mundo. Era um rapaz bonito, mas mesmo assim virei a cara, e ele continuou no mesmo lugar, sorrindo pra mim. Na hora em que havia combinado com Carlos, levantei mancando, para que o rapaz notasse e me deixasse em paz, e assim desci os degraus e o encontrei com um embrulho de presente nas mãos. Perguntou o que havia com o meu pé. Nada, eu disse, quase tropecei mas não caí. Ele me beijou, dizendo que tinha comprado um presente para Bibi, para ver se ela nos dava descanso. Depois, rindo, disse que era pra mim, e me deu os livros dos quais eu havia falado ao telefone, e ainda havia mais um de surpresa, ele só podia adiantar que saíra havia pouco, portanto, era novidade. À exceção de meu pai, nunca ninguém me dera um livro de presente. Na cidade onde eu morava, as pessoas não liam e não se falava em livros, mas ali certamente devia ser diferente. Fomos para a casa dele.

Quando Carlos abriu a porta, Bibi estava à nossa frente, sorrindo. Havia trocado o xale preto por um lilás. As pontas das orelhas dela eram compridas e pareciam moles. Quando moça, Bibi devia ter usado brincos pesados.

— Está muito bonita — disse, alto, para que ela escutasse. Ela sorriu mais ainda e, aos gritos, veio a resposta:
"Tu conheces esse filho
Da amazona, por mim tão perseguido?"
Perguntei ao Carlos o que ela dissera.

— *Fedra*, de Racine — ele respondeu. — Conhece diálogos inteiros. Quando era jovem, quis fazer teatro, mas o pai não deixou, porque na época as atrizes eram malvistas. Disse que quase cometeu suicídio, foi o que me contou — disse. — Vamos pro quarto? Você não quer ir ao Pão de Açúcar?

"Louca, onde estou? Que tenho eu dito?
Onde vão votos meus, a razão minha?
Eu a perdi. Os deuses ma roubaram."
Bibi nos seguia, recitando.

O tempo todo em que estivemos trancados no quarto, Carlos e eu, a ouvimos recitar. Ele dizia que eu não ligasse, ela estava se sentindo excluída, uma hora cansaria. Várias vezes, sem querer, prestei atenção nas palavras. No final, comentei com Carlos que eu gostara de Fedra.

— Mais uma? — disse ele sorrindo, e saímos correndo para o Pão de Açúcar, antes que escurecesse, embora ele dissesse que ainda ia demorar para anoitecer porque estávamos em pleno verão.

— Não está ouvindo a cigarra cantar? — perguntou. Assim que pisei em casa, liguei para o pai. Perguntei se a mãe não atendia mais o telefone. O que havia com ela? Tinha acontecido alguma coisa? Ele disse que ela fora à casa da senhora madrinha. Depois, contei que tinha ido à clínica e mais uma vez não me deixaram ver Cristina. No final do telefonema, perguntei se ele fora ao cursinho; no telefonema anterior havia me esquecido de perguntar. O pai disse que naturalmente cumprira o prometido. E que meu posto estava assegurado.

— O pai é o pai — disse ele.

Nos despedimos.

O dia tinha amanhecido e eu torcia para que chegasse logo a hora de ver Cristina. Estava com saudades e também muito preocupada com ela. Haviam prometido na clínica que eu iria vê-la, queria ver se cumpririam com a palavra. As horas só não custaram a passar porque comecei a ler o livro que Carlos me trouxera de surpresa. Era um livro de contos, e eu estava adorando. Contou que o escolhera porque a autora tinha o mesmo nome de sua mãe, Clarice. Não conhecia Clarice Lispector?... Ainda disse que eu ia gostar por causa do título: *Laços de família*. Ia adorar, certamente!

Cheguei à clínica e mais uma vez não pude ver minha irmã. Saí de lá chutando as pedras do caminho, que viviam se alojando no meu sapato. Ainda bem que eu podia desabafar com Carlos, que tentava me distrair. Fizemos vários passeios durante esses dias em que não me deixaram vê-la. Se bem que eu não conseguia me divertir... Por que a estavam escondendo? O que mais faziam com ela? Qual seria a atrocidade de agora? Numa das vezes em que estive lá e mais uma vez não a vi, voltei direto para telefonar para casa.

— Pai, tenho ido quase todos os dias à clínica e eles não me deixam ver Cristina!

— Como vai você, minha filha? Há dias não nos falamos. Estava com saudades de ouvir sua voz... Temos nos comunicado com frequência, o médico e eu, num entendimento amistoso, inclusive nos alongando em detalhes; embora tenha certeza de que tudo está sendo feito em linha de correção. As notícias sobre Cristina são alvissareiras, o que faz pulsar mais vigorosamente o meu coração, sem desprezarmos o fato de que ela tem a força de um Moreira. Tenhamos complacência, minha filha.

— Complacência, pai?...

— Tranquilidade para que tudo chegue a seu termo. Breve você poderá ver sua irmã. Enquanto isso, procure aproveitar sua estada no Rio de Janeiro para se preparar, a vida é preparação contínua. Veja o que aconteceu à sua mãe, sem qualquer fundamento; apesar da aptidão inegável com os pincéis, tornou-se uma mulher rural. E lembre-se de que vocês estão sempre acompanhadas a distância pelos pensamentos de seus pais, que desconfiam das belas e encantadoras filhas que têm.

O pai às vezes diz absurdos e não se dá conta...

— Não me deixam ver minha irmã, e o senhor espera que eu esteja bem, feliz, me preparando?

— Considere os fatos, Matilde.

— Que fatos!? Dela estar levando choque e todo mundo achando bom?

— Matilde Moreira, procure conter o vocabulário.

— Tá, pai. Vou desligar.

Nunca senti tanto desespero como no momento em que vi Cristina caminhando ao meu encontro. Um enfermeiro a acompanhava. Os passos de minha irmã estavam lentos e vacilantes, e ela estava pálida, despenteada (onde estariam as fivelas que eu tinha comprado?), seus olhos boiavam nas órbitas, e ela babava. Destruíram a Cris! Não sei como não saí gritando, chutando o que encontrava pela frente, xingando os médicos! Em vez, abracei-a com cuidado, serena e desesperada, dizendo, estou aqui a seu lado, Cris. Perguntei como ela estava se sentindo, enquanto caminhávamos lentamente em direção a um pequeno sofá. Assim que o alcançamos, o enfermeiro disse que caso eu precisasse dele era só chamá-lo na porta que ficava antes do corredor e, dizendo que a paciente estava bem, desapareceu. Bem? Chamava aquilo de estar bem? Cristina tentava falar e a boca não obedecia a seu comando, mas ela continuava tentando, enquanto eu enxugava a saliva que ela não conseguia sugar, quando finalmente entendi que queria cigarro. Cigarro!? Cris nunca tinha fumado... Que novidade era aquela? Viciaram minha irmã naquela clínica?? Pedi que ela esperasse e fui tomar satisfações com o tal enfermeiro; ele disse que lá ela fumava sim, se eu quisesse ele podia ceder um dos seus cigarros e emprestar o isqueiro, caso eu não tivesse. Claro que eu não tinha isqueiro!, quase disse, mas aceitei o oferecimento. Voltei a me sentar ao lado de Cristina e dei o cigarro a ela, que não conseguiu segurá-lo, então fiquei levando-o e tirando-o de sua boca enquanto a fumaça a enevoava. Quanta dor... Destruíram o nosso sonho, tudo o levou.

No final da visita, o enfermeiro foi buscá-la; perguntei se o médico estava na clínica, o rapaz disse que não era dia do plantão dele. Perguntei também se ele havia lido a carta que eu tinha deixado. Não sabia informar. Não sabem nada, não ouvem nada, não veem nada. Profissionais da ignorância. Ou treinados para tal? E por que raios o médico havia declarado que estaria sempre às ordens? Para que mentir? Quando chegasse à casa da prima ia direto ligar para o pai. Fiquei vendo minha irmã se afastar, com os olhos banhados em lágrimas.

Saí dali e tive vontade de me atirar do alto do pavilhão daquela maldita clínica!

14.

Saí e nem esperei pelo Carlos. Não devia ter feito isso sem avisar, mas era urgente voltar a falar com o pai. Ele não via o que estava acontecendo com Cristina, nem ele nem a mãe. Mas eu vi o desmonte que minha irmã tinha sofrido! Carlos ia chegar e ficar desnorteado, sem saber o que pensar. Depois eu ligaria me desculpando. Corria pelas ruas esburacadas do Rio, tentando não cair em nenhum buraco, e quase me perco, embora já conhecesse o caminho de trás para a frente. Queria chegar o mais rápido possível. Contar tudo para o pai. Ele precisava tomar uma providência, urgente! Peguei o primeiro ônibus que ia para a Tijuca, tentando me controlar para não chorar, para que as pessoas não ficassem me olhando penalizadas ou intrigadas.

A casa estava vazia quando cheguei. Era o que eu esperava; a prima devia estar no escritório, e Juvenal, sabe-se lá. Havia dias não nos víamos, só o escutava dizendo a decoreba de sempre no quarto da prima à noite.

— Pai, sou eu! Estou chegando da clínica. Cristina está péssima! Péssima, pai! Esse médico está te enganando, há muito tempo! Ela mal anda, não consegue fechar a boca, fala com dificuldade, baba o tempo todo, um horror! Você precisa fazer alguma coisa! Vem pra cá, pai, vem, por favor, estou pedindo!

— Calma, filha, não podemos ficar todos desajustados numa mesma família... O médico, cidadão notável, e doutor honoris causa, me informou que logo após o tratamento os pacientes apresentavam um reagravamento, para depois evoluírem súbito para a estabilidade e o final da cura. Eu devia ter alertado você sobre a mudança que notaria em sua irmã, mas é passageira, disse-me ele inclusive que ela deve ter alta até o final da semana, quando, finalmente, nós, os Moreira, vamos nos reunir e celebrar nossa forte aliança.

— Só quero dizer que mesmo que Cristina melhore, duvido que ela volte a ficar boa, ser o que era... Duvido! Destruíram a Cris, pai! Está escutando o que eu estou dizendo? Destruíram a minha irmã...

— Querida Matilde, quem de nós é quem foi um dia? O pai, por exemplo, este que vos fala, o é? Onde a cabeleira de outrora? A alvura dos dentes? A marcha firme e resoluta? Coisas sólidas e líquidas que julgávamos nossas...

— A mãe está aí?

— Não, tivemos aqui um tempo contrário, mas daqui a pouco estará em casa.

— O que aconteceu?

— Ela mesma conversará com você, de viva voz.

Desliguei e continuei arrasada. Liguei em seguida para a casa do Carlos, e, depois de trocar alguns gritos com Bibi, ela conseguiu dizer que ele não estava. Será que estava chateado por eu não o ter esperado? Bem provável.

— Foi namorar — disse Bibi, rindo.

Bibi estava mesmo esclerosada. Saí do telefone e peguei o livro para ler e tentar me acalmar. Sair um pouco de mim. Não sei como as pessoas não se cansam delas mesmas! Me distraí com as histórias e quando vi se passara uma hora. Levantei para ir ao banheiro, tomar água e voltar a ligar para o Carlos. Os gritos se repetiram, e nada dele. Era um sacrifício falar com Bibi ao telefone, fora dele também. Resolvi ligar para casa de novo, estava querendo ouvir a voz da mãe. O pai voltou a atender.

— Onde está a mãe, pai?

Ele disse que ela tinha saído um instantinho e já voltava.

— E por que não liga de volta?

— Procure ter paciência, minha filha, você está um tanto mortificada... O tempo produz efeitos admiráveis, Matilde, você os verá no curso de sua vida. Mantenha-se firme, você sempre teve um equilíbrio desejável. Lembre-se que é o nosso esteio aí, e que muito confiamos na bela e encantadora filha que temos. Tão logo seja possível você e sua mãe vão se falar...

Voltei ao livro, mas não consegui mais me concentrar na leitura; não estava entendendo nada do que acontecia. O telefone tocou. Levantei correndo para atender o

Carlos — finalmente! Pedi que me desculpasse, mas não tinha podido esperá-lo na saída da clínica. E ele disse que não tinha ido até lá.

— Hein? Por quê? — perguntei.

Conversaria comigo depois. Eu também queria muito falar com ele, contar o que se passara na clínica, que me deixara muito mal. Marcamos para o início da noite, em outro barzinho na avenida Atlântica, na praia de Copacabana.

Assim que nos sentamos, comecei a falar. Contei em detalhes a visita a Cristina. Chorei durante todo o relato. Estava descontrolada. Carlos ouviu, em silêncio, com a atenção de sempre. Quando terminei, ele disse que eu tinha toda razão para estar triste e lamentava tudo o que eu passara, lamentava mais ainda o que tinha a dizer.

— Certas coisas surgem inesperadamente — disse ele.

— São irrupções do destino. Caem como um petardo, alterando o rumo dos acontecimentos, desnorteando os planos.

O que estava acontecendo? Que frases eram aquelas? Ele falava evitando o meu olhar. Farejei desgraça. Nesse momento, minhas orelhas não se levantaram porque não sou animal, mas Carlos provavelmente estava dando o primeiro passo no reino deles.

— Temos que ter uma conversa séria, Tide — continuou ele.

— Sim — respondi, com as pernas iniciando um tremor debaixo da mesa. Não podia ser uma boa conversa. Nunca é, quase disse. "Preciso conversar com você" é uma frase que devia ser abolida do repertório das pessoas. Quando o pai ou a mãe assim diziam, era castigo na certa. Carlos disse que gostava muito de mim (gostava), o tremor aumentava, que a última coisa que ele queria era me magoar, mas que sua ex-namorada tinha chegado de viagem (eu chacoalhava por dentro), procurado por ele, eles tinham reatado e deviam se casar no próximo semestre. Súbito, me transmutei numa marionete caída no palco desvairado da vida.

— Escutou o que eu disse, Tide? — seus olhos indagavam.

O silêncio decepou minha língua. Ele voltou a perguntar se eu tinha escutado. Eu precisava ouvir o *finale*? Balancei a cabeça em sinal de sim, ou teria sido ele a balançar por mim?

— Não vai dizer nada? — perguntou.

Uma mosca sobrevoava. Meus olhos estavam nos olhos dele, o resto se apartara de mim. Me abandonara. Qual seria o nome da títere? Babak. É estrangeira na cidade. Como conseguir meu retorno? Onde eu estava? Fugi de mim. Ele voltou a falar que eu ficara muda. Babak está esperando que você a movimente, como nas boas cenas passadas. Não a deixe sem vida, Carlos. Minhas pupilas pregadas nas dele eram o que me restava.

— Eu não queria que você ficasse assim — disse ele.
A mosca pousara na mesa, imóvel. Vire Babak para você, ela é dócil, pura obediência e dedicação. Ele se mexia na cadeira, inquieto, dizendo que ia pedir a conta, se eu queria alguma coisa. Brindar à dor? Eu só me queria de volta. Ele sorria sem graça, mas já não estava mais ali, rumara para o altar com a sua amada que chegara inesperadamente. E eu extraviada de mim. Mosca morta. Carlos chamou o garçom, pagou a conta, tentou puxar a cadeira para que eu me levantasse, mas Babak balançou a cabeça em sinal de não. Continuei sentada, esperando meu retorno.

Ele ainda permaneceu ao lado, imóvel, à espera do quê? Depois saiu andando, e eu o acompanhei com a única coisa que em mim restara, olhos para vê-lo uma última vez. Um muro de silêncio com apenas dois olhos.

Cheguei em casa ainda fugida de mim, telefonei em seguida para a mãe, quem sabe ela me traria de volta. Disse alô, e ouvi a voz dela:

— Tide do coração, que voz de passarinho sem dono... O que aconteceu? Fala! Pelo amor de Deus, filha, já estou agoniada...

Quando terminou o telefonema, no qual também tentei saber o que tinha acontecido, a mãe disse que contava em outra hora, estava terminando uma encomenda. Mentira. Teria Carlos mentido também? Inventado aquela noiva? Penetraram todos no terreno fértil das mentiras? A mãe continuava dizendo que eu não precisava me preocupar. Antes de desligarmos perguntei por Mateus; havia tanto tempo não se falava nele. Continua o capeta, disse a mãe, mas não riu. Sempre que falava em meu irmão ela ria, achando graça das coisas dele. Por que não rira?... Ali estava a confirmação da mentira. Não à toa dizem que tem pernas curtas. As da mãe então devem ser nanicas. Só sei que, quando desliguei, estava devolvida. Traída, humilhada, revoltada, achincalhada, porém devolvida. Liguei para a casa do Carlos. Uma voz de mulher atendeu.

— Quem quer falar com ele? — perguntou a lacrainha.

— A ex-namorada dele que acabou de chegar — eu disse.

— Hein? — perguntou a voz, descontrolando-se. — O Carlos está no banho — mentiu. O cordão dos mentirosos cada vez aumentava mais.

O Carlos...

— Então diz para ele mandar o meu futuro. Rápido. Estou esperando. E quero que venha numa embalagem grande e bem bonita. Ouviu, pústula?

Agora eu era menos ele e mais eu, mas ele ainda era o dono dos meus passos. De repente, me passou pela cabeça que eu pudesse ter falado com a diarista. Será?

Estava de costas para a porta quando escutei um barulho. Os detentos chegavam. O algoz e a prisioneira. Nos encontrávamos depois de dias sem nos vermos.

— Oi, leãozinho! — disse o idiota.

— Oi, Tide! — disse a prima, de vestido decotado e cheia de curativos nas costas.

— Estamos chegando do hospital, sua prima foi fazer esses curativos aí...

— Está melhor? — perguntei, sem mencionar o que podia ter ocasionado aqueles ferimentos.

— Claro — disse ela, e continuou: — Não dói nada, o problema é que alguns infeccionaram.

Acha natural o que se passa entre eles.

— E você, por que está com essa cara de quem perdeu marido? — perguntou ela.

— O leãozinho era casado?

— Não — disse a prima —, mas devia estar namorando pra casar... né, Tide? Mulher sempre namora pra casar. Deixa pra lá, menina! Homem é assim mesmo... Só vivem dando olé na gente!

— Homem, né? Porque eu sou um animal de circo! — disse o pateta.

Na minha terra chama-se o que a prima fez de "jogar verde pra colher maduro". Não sou trouxa, quero dizer, depois do que aconteceu entre mim e Carlos não posso afirmar com tanta naturalidade...

Pedi licença e me retirei; não há quem aguente a conversa dos dois. Fui para o quarto e abri o livro que ainda não tinha lido, um dos presentes do Carlos. Mas as perguntas insistiam em me afastar da leitura: Será que não havia ex-namorada e assim ele procedia com as mocinhas incautas? Serviriam elas apenas para alegrar os dias da bisavó e no momento que reivindicavam privacidade eram dispensadas? As escolhas se resumiam em divertir a velhinha? Bibi seria um ser diabólico que teria feito um pacto perverso com seu bisneto? Por isso então ele se mostrava gentil, acolhedor, tão querido? Para alcançar seu objetivo? Ou teria se cansado dos meus tristes relatos? Que diabo de coisas eu estava vivendo!? O que tinha acontecido com a minha vida e com a da minha irmã? Cuspiram nelas?

No dia seguinte iria ver Cristina.

15.

Que escadaria... Todo dia aquilo, imaginava os velhos tendo que subir todos aqueles degraus; o pai não aguentaria, e a mãe tinha asma. Parecia até promessa, e vai ver se estava cumprindo mesmo... E ainda chegávamos lá em cima e deparávamos com os nossos parentes parecendo uns molambos, despojados deles mesmos, apartados da vida... Quanta tristeza... Cheguei com sede e fui direto ao bebedouro que ficava no corredor do pavilhão. Nem uma gota d'água! Cristina apareceu um trapo de gente: de camisola pingada, arrastando os pés; o cabelo parecia até mais desgrenhado... Por que não trocaram a camisola dela?, perguntei ao enfermeiro que a acompanhava.

— Atrasaram a roupa na lavanderia — disse ele.

Pedi um pente, perguntando se lá não se penteavam os pacientes. Respondeu que às vezes sim. Às vezes sim.

Pelo jeito os dentes também não são escovados — eu disse. Por que não aproveitam o ponto e abrem uma clínica?, me deu vontade de dizer, mas sabia que não era a ele que eu devia endereçar a pergunta.

Levantei e fui me abraçar com Cris, antes de nos sentarmos no mesmo sofá, de dois lugares. O enfermeiro voltou com o pente e, com todo cuidado (meus movimentos não são delicados), penteei o cabelo dela, que ficou com outra aparência. Cris era bonita de qualquer jeito, até assim, maltratada. Voltei a me abraçar com ela, perguntando se estava se sentindo melhor. Ela esboçou um sorriso e, virando-se lentamente para mim, articulou com dificuldade:

— Você está triste, Tide?

E a baba quase escorreu de sua boca, mas eu a aparei a tempo, enxugando-a, enquanto dos meus olhos as lágrimas escorriam. Então, pouco a pouco, contei a minha história de dor e alegria com Carlos. Tenho certeza de que Cristina acompanhou, porque, no final, levantou a mão trêmula e pôs sobre a minha. Ficamos ali abraçadas, juntas, fraternas, escutando o bater dos nossos corações. Quanta infelicidade no alto da vida... Abracei-a mais ainda, me lembrando da voz da mãe.

"Larga de apertar sua irmã, Tide, você sufoca ela..."

Quando pequena eu tentava imitar Cris em tudo. Falava igual a ela, me penteava pondo a cabeça pra baixo e sacudindo o cabelo, como Cris fazia, adorava herdar suas roupas, seus vestidos então nem se fala... Estudávamos no mesmo colégio, em salas diferentes, porque Cristina estava mais adiantada do que eu; dormíamos no mesmo quarto, as camas lado a lado, e acabamos sonhando o mesmo sonho, que se esboroou com tudo o que aconteceu à minha irmã, culminando no seu infeliz itinerário.

No final da visita, o enfermeiro pediu que eu esperasse porque ele tinha um recado do médico, já voltava. O que será que ele queria? Os contatos não eram todos com o pai? O rapaz voltou e disse que o doutor ia assinar a alta de Cristina no sábado, queria saber se podiam ir buscá-la. Disse que telefonaria para o meu pai e no dia seguinte daria a resposta, mas que em princípio sim, devia ser eu mesma a ir apanhá-la, era sua única parente no Rio. Antes de eu sair, ele me entregou um envelope com as receitas do médico.

Estávamos numa quinta-feira, portanto, dois dias depois Cristina estaria livre. Apesar de preocupada com a sua saída, estava feliz por vê-la longe dali; mas não sabia como iria se sentir lá fora, sobretudo no Rio. De qualquer forma, um novo mundo começava. Era o que eu esperava.

Tinha me prometido conhecer uma das livrarias antes de viajar de volta, já estava até com o endereço de uma delas, e seria ótimo ver com meus próprios olhos todos os livros que um dia eu leria... Mas achei que devia voltar direto para a casa da prima para falar antes com o pai; adiei a ida à livraria.

— Como vai você, minha filha? E sua irmã, quais são as boas-novas? — disse o pai, atendendo logo que o telefone tocou.

— Estou chegando da clínica, pai, o médico vai dar alta para Cristina no sábado. Ela vai ter que sair. Como é que a gente vai fazer? Eu é que vou buscá-la? Ou o senhor e a mãe vêm até aqui?

— Minha brava Matilde, contamos que você traga sua irmã. Creio que não haverá impedimento para que realize tal tarefa. Sua mãe anda ocupada com as encomendas, calcule que foi convidada a expor outra vez... Está radiante! Quando você chegar, ela mesma fará questão de se estender sobre o assunto. Eu estou extinto pelas férias que se foram. A mãe está lembrando aqui que deixou a sacola de Cristina lá na clínica, mas que tem pouca coisa de sua irmã, porque eles quiseram que ela usasse a roupa da casa, não se apresentasse diferente dos demais. Você terá que assinar algum documento, com a certeza deste que lida com memorandos. Já nos comunicamos, o doutor e eu, e ele se alongou em pormenores sobre Cristina, dizendo inclusive que ela precisa vir acompanhada dos remédios, que eu peço que você os avie aí; temo que nossa farmácia não disponha dos comprimidos em ação. A mãe está voltando a falar, dizendo que vai ligar para a prima para saber quanto devemos pela sua temporada à beira-mar, quando então faremos os ajustes necessários. Você possui ainda alguns trocados? Se não os tiver, posso enviá-los. Vamos esperá-las com bandeirinhas; a senhora madrinha está tentando arregimentar algumas devotas da igreja para levarem um pequeno coral. Pensam em cantar um hino de louvor à Cristina.

— Tenho dinheiro suficiente para pagar os táxis e as nossas passagens, pai, mas talvez seja melhor não fazer muito barulho na chegada da Cris, ela está recém-acordada, o senhor sabe.

— Tem razão, minha Matilde; você é a mais sábia dentre todos nós. Não à toa é o apoio lógico dedutivo de toda a família. Me orgulho muito de você, Matilde Moreira; alcançará muita ascensão na vida!

— Obrigada, pai. Qualquer coisa, volto a telefonar. Beijo pra vocês, e não se esqueça de dizer ao Teteu que eu estou com muitas saudades e vou tentar levar um brinquedinho bem bonito daqui. Tchau.

Saí depressa para aproveitar um pouco mais do Rio; tinha me acostumado a dizer Rio, como se dizia lá, em vez de Rio de Janeiro como se falava onde eu morava. Uma emoção entrar na livraria. Apinhada de livros! Não sabia para qual banca ou estante me dirigir, tantos eram... Pelos meus cálculos financeiros, daria para eu comprar mais dois livros com o dinheiro que o pai tinha dado e ainda ficar com uma reserva para os gastos que teria com a saída da Cris. Ah, e ainda faltava comprar o presente do Teteu, que eu havia prometido! Quando finalmente saí, depois de horas, abastecida de dois romances, que deviam ser maravilhosos, entrei nas lojas Americanas e comprei um brinquedo para o meu irmão. Um carrinho. Ele só pensa neles e em bola.

De repente, na saída, nas ruas entupidas de pessoas transitando, vi, na calçada em frente, Carlos, meu belo ex-namorado; e eu impossibilitada de correr ao seu encontro, abraçá-lo... Petrifiquei onde estava, observando-o de longe; que distância infinita... Acho que nunca serei capaz de entender a rapidez dessa história... Não devo ter sido bastante para ele. Carlos não me viu, andava de um lado para outro, consultando o relógio. Certamente esperava a noiva que se atrasara ou, quem sabe, a próxima desavisada. Não gostaria de tê-lo encontrado como uma pessoa entre tantas... Zonza, peguei o primeiro ônibus, deixando para trás a imagem dele à deriva. Saltei em Copacabana, confusa ainda. Percorri um quarteirão a pé e cheguei à avenida Atlântica, e o azul, se abrindo, me rodeou. O Rio é uma cidade que abraça a gente. Andava sem pressa na tarde morna, fazendo as pazes com a princesinha do mar; não era culpada por ter servido de cenário para a minha primeira decepção amorosa. À diferença dos dias anteriores, não havia ondas, o mar estava calmo; sentei num dos bancos, acompanhando o voo das gaivotas, procurando Carlos. Buscava-o na amplidão, meu deus de porte atlético e cabelos encaracolados. Quanto ainda o amava? Não sabia.

O que eu diria quando chegasse de volta à minha cidade? Nada do que tinha acontecido comigo, certamente. Ninguém gosta de histórias que não terminam bem. Diria que tinha ido à praia de Copacabana e só não entrara no mar porque ele estava bravio, cheio de correntezas e com ondas colossais. Era o que esperavam ouvir. Todos gostam de aventura. De cenas perigosas. O fato é que sempre achei difícil contar as coisas como realmente se passaram, tantas são as interferências da imaginação... Não sei como alguém consegue essa proeza. Quando eu era criança, a mãe preferia ouvir a Cristina do que a mim, porque dizia que eu era muito imaginosa.

Estava tão feliz com a saída da Cris, embora soubesse que tudo seria diferente, porque eu me modificara, ela então... Fui tratar de achar uma farmácia para comprar os remédios. Lembrei das receitas que o médico havia deixado. Minha irmã precisava tomar tudo aquilo!?, foi o que me perguntei quando o moço trouxe os medicamentos. Vai ficar intoxicada, impregnada, como dizem eles. Tinha trocado ideias com um médico jovem lá de dentro (aquele para quem eu me fingi de aleijada), sabendo por ele que aqueles eram os recursos de que a medicina dispunha para o tratamento de casos como o da minha irmã. Lembro que disse que eram escassos. São médicos que tateiam as sombras das pessoas perdidas...

Depois, tomei uma Coca-Cola em pé num dos bares de Copacabana, acompanhada de um bolinho de bacalhau. Alguns moços mexeram comigo, como mexem com todas as mulheres que passam. Os cariocas são sedutores, ousados, afoitos e fugazes. (O pai tinha dito logo que chegamos) Um perigo que Babak não viu e, consequentemente, teve um glorioso desaponto.

De volta à casa da prima, encontrei-a de cama, chorando. Ele a teria machucado? Era como ele mesmo se dizia: um animal. Não necessariamente de circo. Parei na porta do quarto dela e perguntei se precisava de ajuda. E ela, em prantos, disse que Juvenal a havia abandonado pela mulher que engolia fogo no circo. Já tinha se engraçado com a trapezista, com a bailarina da corda bamba e até com a vendedora da maçã do amor...

— Qualquer dia ele se distrai e o leão nheco nele! — eu disse, e ela sorriu entre lágrimas.

Pensei em dizer que ela estava tendo um descanso, que eles tinham muito trabalho para se amar, mas achei melhor ficar calada.

Naquela noite, fui me deitar mais cedo; no dia seguinte havia muito a fazer. Arrumar minhas coisas e as de Cristina, porque no sábado sairíamos da clínica direto para a rodoviária. De volta à casa. Estava saudosa de todos, acreditava que Cris também. Chegaríamos na terrinha, como dizia a mãe, no domingo de manhã. Esperava que sem banda de música.

Estava quase dormindo quando escutei o telefone tocar e a prima sair correndo para atender. Seria o domador arrependido? Teria uma madrugada barulhenta de despedida? A prima voltou do telefone decepcionada; como eu supunha, esperava ouvir o rugido do animal. Disse que tinha sido a mãe, para agradecer e perguntar quanto deviam pela minha estada. Ah, e que ela se lembrara do nome da mãe: Nancy! Como podia ter esquecido..., saiu do quarto dando um risinho.

A última noite então seria tranquila. Sem estrepolias (o pai adora essa palavra). No dia seguinte compraria flores para a prima (o pai havia deixado um cartão escrito para acompanhá-las, pedindo que eu as comprasse), em agradecimento pela acolhida, embora ela e seu parceiro troglodita tivessem me assustado em algumas noites.

16.

Acordei e a prima dormia. Tentei fazer o menor barulho possível, porque não sabia como ela passara a noite depois do desaparecimento do Juvenal. Tomei café rapidamente, pois tinha muito a fazer pela frente. Desci em seguida para comprar flores; escolheria rosas bem bonitas, como o pai havia pedido. Caras... Voltei e a prima estava no banheiro, devia ter acabado de acordar. Pus as flores no vaso e peguei o cartão para ler o que ele havia escrito: "Cara prima, enviamos-lhe rosas para o seu próprio prazer, em forma de agradecimento pela amabilidade da temporada que tivemos a oportunidade de desfrutar. As flores, na sua realeza, tinham por séquito os espinhos. Não retiramos o agreste das lanças, na ânsia de lhe oferecer a totalidade do belo. Com a estima dos primos." O pai era o pai, como ele mesmo dizia. Era isso então que havia dias escrevia, consultando os livros que trouxera... Deixei o cartão ao lado, sobre a mesa da cozinha, onde trocávamos bilhetes quase todos os dias. Fui para o quarto arrumar a mala; às quatro horas teria que estar na clínica para buscar Cristina, e o nosso ônibus sairia às seis horas da rodoviária. A prima apareceu na porta do quarto para me agradecer pelas flores, perguntando quem tinha escrito o cartão. Respondi que fora o pai.

— Muita instrução, né? — disse ela.

Depois, dizendo que o quarto estava à disposição para quando eu precisasse, se despediu, porque ainda ia se arrumar para ir para o batente. Devia estar se referindo ao trabalho, mas eu nunca escutara aquela palavra... Depois da mala pronta, sentei um instante na sala para pensar se estaria esquecendo alguma coisa; estava. De ligar para a clínica avisando que buscaria Cristina às quatro horas, para que eles a aprontassem. Em seguida, me deu vontade de telefonar para o Carlos para me despedir. Segundos depois, achei melhor não fazê-lo, senão ele iria encontrar Matilde Babak mais uma vez. E ela já estava de volta às origens. Era assunto encerrado. Assim eu esperava.

Liguei para casa e o pai atendeu. O que estaria acontecendo para a mãe não atender mais o telefone? Disse a ele que as passagens estavam compradas e que às quatro horas eu iria à clínica buscar Cristina. Que o telefonema era só para confirmar que estava tudo certo e que devíamos chegar por volta das oito horas.

— Quanta diligência acertada, Matilde! Foi uma sorte benfazeja contar com você para evitar descaminhos no percalço... Salve, filha adorada! Lá estaremos para as saudações necessárias.

Cheguei pontualmente à clínica. Não foi fácil subir todos aqueles degraus carregando a mala, até porque livros pesam. Cristina me esperava sentada no sofá, com a roupa com a qual dera entrada na clínica. Sua aparência estava bem melhor, penteada, vestida e, no lugar dos chinelos, sapatos. Parecia uma colegial. A sacola dela estava praticamente vazia, como a mãe dissera. Ainda bem.

— Cris, vim te buscar. Vamos pra casa? Estão no esperando... — disse, com todo cuidado.

Como uma menina obediente, ela se levantou e me deu a mão. Peguei a sacola dela, pendurando-a no ombro pela alça, e perguntei ao enfermeiro se ele ou alguém podia me ajudar a levar a mala até lá embaixo. Depois pegaríamos um táxi e o motorista se incumbiria de carregá-la. O enfermeiro, me entregando o receituário do médico com o horário da medicação, me deu também alguns remédios, que pus dentro da bolsa. Perguntei então pela carta de minha irmã, que eu deixara para ser lida pelo médico. Ele não sabia informar, claro. Teria que falar com o pai para ele pedir ao médico. Depois o enfermeiro chamou um moço lá de dentro, que acho que ia consertar o bebedouro, porque deixou uma maleta ao lado dele assim que apareceu e, aproximando-se de nós, perguntou se era pra carregar a mala. Disse que sim e, agradecendo, me despedi do enfermeiro. Cristina olhou para ele mas nada disse, e nos dirigimos para as escadas. Descemos lentamente cada degrau, enquanto o moço à nossa frente, com a mala na mão, disparava escada abaixo. Chegamos.

E saímos finalmente da clínica! Esperava nunca mais voltar a pisar naquele lugar.

Na rua, fiz sinal para o primeiro táxi e logo estávamos na rodoviária. Como corriam os motoristas no Rio... Após uma curta espera durante a qual dividimos um copo de mate, entramos no ônibus que nos levaria de volta à casa. Dentro dele, já acomodadas, perguntei a Cristina se ela estava se sentindo bem; balançou a cabeça em sinal de sim, então eu disse que no dia seguinte de manhã o pai, a mãe e o Teteu deviam estar nos esperando. Que eles estavam com muitas saudades dela e eu imaginava que ela também estivesse saudosa deles. Cristina encostou a cabeça no meu ombro e em instantes dormia. Levando minha irmã de volta e também voltando, torcia para que nunca mais tivéssemos que passar pelo que passamos, sobretudo ela. Uma experiência terrível. Senti lágrimas quentes escorrendo pelo rosto.

Abri os olhos assim que o dia clareou, antes da Cris. Quando nos aproximávamos da hora marcada para a chegada, passei a mão de leve na sua cabeça para acordá-la. Alguns passageiros já se movimentavam, mas eu disse que não precisávamos ter pressa, podíamos fazer tudo com calma. Quando o ônibus parou, lembrei que ela tinha que tomar os remédios pela manhã. Nos preparávamos para saltar, já de pé no corredor, quando escutei a voz de uma mulher cantando:

"Vinde meninas, vinde a Jesus
Ele ganhou-vos bênçãos na cruz

Os pequeninos ele conduz
Vinde ao Salvador!..."

Era tia madrinha quem cantava, ao lado da mãe, toda vestida de preto, pela promessa feita para a recuperação de Cristina, ela disse, assim que descemos, emocionada, nos abraçando. O pai dava vivas às meninas Moreira. E Teteu, onde estava?

"Que alegria, sem pecado ou mal
Reunidos, todos afinal..."

Não consegui escutar a resposta da mãe, porque tia madrinha continuava a cantar enquanto nos cumprimentávamos, e também porque a mãe estava muito agitada com a nossa chegada.

Cristina estava assustada, trêmula, confusa, com todos à volta.

Assim que entrei em casa, corri à cozinha para pegar um copo de leite para que ela pudesse tomar os remédios, quando escutei a voz do Teteu:

— Tide! Tide! — me chamava do quarto.

— Já vou, meu amor... — disse. — A Tide está ajudando a Cris, mas já vai falar com você...

Em seguida, acompanhei Cristina até a cama, porque ela ainda estava cansada e zonza com a chegada. Ao se deitar, Cris dormiu logo. Exausta, coitada!

A mãe me esperava na porta, fazendo sinais de que queria falar.

— O quê? — perguntei, tentando andar para ir ver meu irmão.

— Tide, menina, seu irmão atropelou um carro... É difícil passar carro aqui na rua, você sabe...

— Hein?

— Nós estávamos aqui dentro de casa, como de costume, quando seu irmão passou na carreira, que é como que ele anda, você sabe, e desse jeito saiu, e vinha passando um carro, e ele trombou com ele. O motorista não teve culpa. Mas tivemos que correr com Mateus pro hospital porque ele tinha machucado a perna. Ainda está com ela doente, não está podendo andar, temos levado ele dia sim, dia sim, no hospital, eu e tia madrinha e as preces. Deus é maior, você sabe! Agora que você se inteirou do ocorrido, vai lá que ele está morto de saudade...

— Por que vocês não me contaram, mãe? Por quê? — disse, irritada, andando em direção ao quarto do meu irmão.

— Porque você já estava cuidando de sua irmã lá no Rio de Janeiro... — Escutava a voz da mãe atrás de mim.

Entrei no quarto de Mateus e, como Cristina, ele também estava magrinho e pálido. Coitado do Teteuzinho! Dei o presente que eu tinha trazido, e ele sorriu, me abraçando. Fiquei fazendo carinho nele com as lágrimas pingando no seu corpo miúdo. Teteu só tinha olhos para o carrinho. Ainda bem.

Saí do quarto arrasada, com um irmão prostrado em cada quarto. Na hora do almoço, o pai teve que levar

Mateus no colo para a mesa, e Cristina nem conseguiu se levantar. Não sei como consegui comer sem chorar. Por que tinha acontecido tudo aquilo à nossa família? Alguém saberia responder? Por que fomos tão duramente atingidos? Merecendo tanto sofrimento? Tanta tristeza?...

No início da semana fui ao curso. Antes, comentei com Cristina que iria até lá para sondar a reação dela. Mas Cris não mais reagia. No cursinho, me perguntaram por ela. Disse que minha irmã voltaria, mas não de imediato. E mais não disse, porque ninguém precisava saber o que tinha acontecido.

Numa das vezes que saí para o cursinho, o pai me acompanhou até o portão. Lá, disse que gostaria de conversar comigo quando eu chegasse. Respondi que estava bem, mas o que será que ele queria conversar? Teria sabido do que me aconteceu no Rio?

Voltei rápido pra casa. Preocupada com o que iria ouvir.

Assim que o pai me viu, convidou para tomarmos mate na varanda, o local mais agradável e fresco da casa. A mãe pintava sem parar, preparando a exposição, Cristina estava no quarto com ela, e Teteu assistia desenho animado na tevê. Na varanda, havia uma mesa redonda, com cadeiras ao redor, além da bancada de plantas que circundava o local. Logo que nos sentamos, o pai disse:

— Matilde, como você tem conhecimento, Roberval, meu fraterno amigo, tem nos dado sugestões sobre como lidar com a moléstia que acometeu sua irmã. Todas com muita precaução e respeito, como é do seu feitio. É um homem de muito bom-senso, como você é sabedora de longa data. Recentemente, ele sugeriu passeios a cavalo, pela variedade de imagens que proporcionam. Achei uma ideia interessante e sensata. Com isso em mente, pensei em irmos, você e eu, até à fazenda do Zé Minguado para alugar uma égua mansa, naturalmente, para que Cristina possa usufruir desse bem-estar. O que você acha, minha filha?

— Acho melhor esperar, pai. Está tudo muito recente ainda, ela pode vir a se assustar sem necessidade.

— Perfeitamente justo. Ficarei aguardando uma melhor oportunidade.

Depois do que disse, o pai contou que Roberval sugerira também infusão de chás. De início, camomila e xarope de passiflora; dessa parte, segundo ele, a mãe e a senhora madrinha ficaram incumbidas. Imagine que a senhora madrinha comentou que uma coisa é certa: Atualmente há cada vez mais enfermos. De onde provirá a notícia?... Possivelmente de sua adiantada idade, disse, e sorriu. — Ah, sim, Roberval fez ainda observações quanto ao tempo; disse-me ele que variações climáticas contribuem para a piora na maioria dos casos. Mas quanto a isso nada há que se possa fazer... O próprio Roberval concordou. E por último ele sugeriu música, muita música, dizendo que seus efeitos, em muitos casos, restabelecem a saúde. Veja você o quanto ignoramos! — E o pai encerrou a conversa.

O pai e a mãe acatavam toda e qualquer sugestão, tentavam de tudo, ainda tinham esperanças — poucas, na verdade —, de que Cristina viesse a se curar. Mas mesmo com todas as sugestões do amigo, minha irmã continuava sendo medicada pelo médico que a atendera no Rio, com o qual o pai mantinha contatos telefônicos constantes.

Passado algum tempo, retomei minha vida. Ia sozinha para todos os lugares, enquanto Cristina ficava em casa com a mãe. Tornou-se ajudante dela. Era quem empacotava a louça para ser entregue por mim, quando do intervalo das aulas. Minha irmã era outra, falava somente quando solicitada, aceitando tudo o que lhe era proposto; perdera a alegria, a vontade, a vida. Uma ponte que se quebrara. O pai e a mãe, resignados, nem de longe imaginavam o que podia acontecer à princesa deles. Nem eu pensei que um dia fosse perder sua companhia. Mas os pais se tranquilizaram com o passar do tempo, porque Cristina parecia não correr mais riscos. Acomodara-se nela mesma, indiferente a todo o resto. Nada mais a afetava. No entanto, sua alma permanecia um mistério. Passou a habitar um mundo sem sonhos, deixando entre nós apenas a sua vaga presença. Um dia, passado algum tempo, o pai falou no tio Reinaldo, dizendo que Cristina havia feito ele se lembrar dele.

— Coitada da minha filha! — disse, como dizia em relação ao irmão. — Será gênese, Tide? — Me fez a pergunta errada, mas eu entendi e disse que achava que não. O pai e a mãe passaram então a depositar todas as esperanças na recuperação de Mateus, que andava com dificuldade, cansando-se facilmente. Viviam fazendo economia porque tinham esperança de levá-lo para ser visto por um especialista nos Estados Unidos. Mas apesar de todos os esforços, da contenção diária de despesas, ambos sabiam que esse sonho não se realizaria. Continuavam levando-o ao hospital local, embora já tivessem conseguido ir a São Paulo ouvir uma junta médica. Em relação a Mateus eles ainda nutriam esperanças. Mas era tão triste ver meu irmão apoiado na bola, sentado na cadeira da sala... Grades na sua infância. Adeus menino brincando feliz na rua.

E eu parecia viver sobre patins; me desdobrava, porque era chamada a todo momento; mas estudava e lia cada vez mais (com a infelicidade socada dentro de mim), me preparando para o vestibular, que estava próximo. Apesar de amar minha família, eu precisava sair dali; viver numa cidade grande, conhecer pessoas, ampliar meu mundo. Quando foram marcadas as provas do vestibular no Rio a mãe ligou para a prima perguntando se de novo podíamos contar com a sua boa vontade em me hospedar. Gerusa reiterou o convite. Então, se eu passasse, como quase todos contavam que acontecesse, cursaria a faculdade no Rio. Esperava conhecer outro Rio, o do cartão-postal. Mas tudo seria feito em etapas. Em primeiro lugar, faria as provas e depois voltaria para casa; sendo classificada, iria de novo para o Rio, moraria inicialmente com a prima para, depois, tentar achar um trabalho compatível com o horário da faculdade e, quem sabe, alugar um cantinho pra mim. Apesar da tristeza, e da saudade que sentiria de minha irmã, mais um sonho se formava no horizonte; eu conseguiria realizá-lo?

Passei no vestibular! O pai dizia que eu ia pertencer à Academia. Fizeram uma comemoração, ele e a mãe, estavam radiantes; à exceção de Cristina, que continuava alheia, como se mostrava a maior parte do tempo. Eu sofria em vê-la com seus passos silenciosos, gestos mecânicos, e no olhar uma ausência infinita. (Se eu pudesse fazê-la reviver!) Mas, atravessado o inferno, em que o desespero pairava sobre as nossas vidas, vivíamos um tempo em que doía menos. Os dias felizes, e foram muitos na nossa infância, ficaram nas fotografias.

No dia de eu ir embora, tia madrinha, que tinha aparecido para a comemoração, engrossou o coro dos chorões. A despedida foi doída. Teteu queria ir comigo, dizia que conhecia São Paulo e que agora ia para o Rio de Janeiro mergulhar na praia de Copacabana, porque não tinha medo de onda, disse, bracejando no ar. Insistia para a mãe fazer sua mala. Sossegou quando eu prometi levá-lo de uma próxima vez. Cristina, enovelada nela mesma, me olhava, mas, ao me aproximar dela, logo se desvencilhou do abraço. A mãe, bem, a mãe despencou em cima de mim aos prantos. Até tia madrinha estava com os olhos cheios d'água. E eu consegui não derramar uma lágrima; sabia que meu tempo chegara. Estava contente sim, mas sem alegria; no meu caminho que começava solitário levava a sombra partida dos irmãos que ficaram para trás. Sobretudo de Cristina, minha companheira, que, como dizia o pai, tinha sido flor de primavera única.

O ônibus partiria apenas no início da noite, o que significava que podíamos ir sem pressa, o pai e eu. Em todas as ocasiões que julgava solene ele usava paletó. Assim se vestiu para me acompanhar à rodoviária, com seu velho paletó azul e seus óculos Ray-Ban. Fomos batidos de um silêncio pesado, que ele interrompia vez ou outra para comentar sobre seu trabalho na Caixa Econômica Federal, como sempre fez questão de chamá-la. No caminho, passávamos por uma fileira de árvores quando, apontando para uma delas, ele disse:

— Você sabia, minha sábia, que naquela palmeira canta o sabiá em sua homenagem? — e sorriu pra mim. Sorri de volta, fazendo um carinho nele.

— Na nossa cidade não existem palmeiras, pai...

Ao chegar a hora do embarque, nos abraçamos demoradamente. No final do abraço, ele pôs um dinheiro na minha mão.

— Para qualquer eventualidade, filha — disse. Subi os degraus do ônibus, olhei para trás uma última vez, acenando para ele, que também me acenava de volta; procurei meu lugar na escuridão dentro do ônibus, e me sentei. Imóvel, afundada na cadeira, as lágrimas foram rosto abaixo; súbito, comecei a ouvir a voz do pai:

— Vá, filha querida!, comunicar que somos gente de bem, respeitosa, decente, honesta, cheia de virtude bonita e assim...

Este livro foi composto na tipologia Minon,
em corpo 12/16, e impresso em papel off-white
90g/m² no Sistema Cameron da Divisão
Gráfica da Distribuidora Record.